新典社選書34

宮崎 荘平 著

土屋文明私論

―歌・人・生―

新典社

土屋文明の唯一の歌碑（左頁）の基となった色紙
高崎市立上郊《かみさと》小学校所蔵、撮影：橋本智明氏

榛名を
永久の幻に
出でて帰らぬ
我のみにあらじ
文明

生地跡近くに建つ文明歌碑
「青き上に榛名《はるな》を永久《とは》の幻《まぼろし》に出でて帰らぬ我のみにあらじ」
提供：群馬県立土屋文明記念文学館

旧住所：群馬県西群馬郡上郊村大字保渡田《ほどた》
現所在地：群馬県高崎市保渡田、群馬県立土屋文明記念文学館前庭

伊藤左千夫牛舎跡地に建つ左千夫歌碑及び説明板
現在、JR錦糸町駅南口広場
撮影：新山春道氏

目 次

はじめに

土屋文明については、比較的早くから関心を持ち始めていた。二十歳代半ば、東京都の教員となっていた頃からと記憶している。まず興味をそそられたのは、歌集『ふゆくさ』であり、いかにも新鮮であった。「山上相聞」「春宵相聞」と題する、

西方の峡《はざま》ひらけて夕あかし吾が恋ふる人の国の入り日か

春といへど今宵わが戸に風寒しわがこころづまさはりあるなよ

の詠歌などは、感動そのものであった。次には「湯ある家」であった。新妻への深い愛情を滲ませて詠じる、

寒き国に移り秋の早ければ温泉《いでゆ》の幸《さち》をたのむ妻かな

などに感銘を深めた。続いては「松本を去る」であったかと思う。

をさな児はたぬしかるかもいそがしき造り荷の間《あひ》をめぐり遊べり

悲憤慷慨のなかにも、あどけなさを点じてくれている。それからすこし先の『六月風』の「某日某学園にて」に注目させられた。

語らへば眼《まなこ》かがやく処女《をとめ》等に思ひいづ諏訪女学校にありし頃のこと

をはじめとする一連六首の強烈な印象は、今も鮮やかである。

一方また、敗色濃い中国戦線の視察旅行を通じて詠んだ歌で編む『韮青集《かいせいしゅう》』のごとき特異な歌集も、

興味尽きないものであった。

こうして次第に深入りしていき、平安朝女流文学研究の暇々に、自己流の鑑賞と考察を少しずつ進めた。書斎の書棚の一角に設けた土屋文明関係のコーナーの書物も次第に数を増していった。札幌・新潟等での地方勤務を経て帰京後のことであるが、国立国会図書館に足繁く行き、関係文献・雑誌・新聞等、多くの資料を閲覧できたことも幸いであった。

しかし、感想文、鑑賞文のたぐいはともかく、研究論文らしきものの執筆にかかることができたのは、私大（國學院大學）を定年となった、つい近年になってからである。

考察の主たる対象は、文明の出自・出郷・刻苦・望郷、そして晩年などの足跡であり、それらを歌でたどることにより明らかにすることを試みた。そのなかで、妻子など家族のこと、足利・諏訪・松本等各地域とのかかわり、人々との対外的な関係、そして独自の生き方等々に焦点を据えてみた。取り分け掘り下げを試みたのは、ある一時期の文明の心境が窺えるものとして群馬県立土屋文明記念館所蔵の〈自筆履歴書〉と、その背景にある新制山口大学からの誘いの問題の検討と考察である。また、長男夏実《なつみ》について、文明自身の生き方の反映として、考察の対象とした。とくに、千葉大チフス菌事件の解明に果たした夏実の実行力と正義感は、父文明の影響顕著なもので、調査を深めて考察を施してみた。なお、このことに関して文明の感慨と論理を示す、

肯《うべ》なふ者否む者半ばする中にして立ちて来にけり我も彼も亦　『青南後集』

誰を罪し誰喜ばむ心ありやただ正しきを正しとせよ　（同）

の詠歌は、きわめて印象的である。さらには、

あはれあはれ吾の一生のみちびきにこのよき先生にあひまつりけり

（『山谷集《さんこくしゅう》』）

の歌が端的に示している、文明の人生における一大転機となった伊藤左千夫との出会いについても、考察を深めてみた。

また、文明の所有する顕著な特徴として、〝貧〟と〝老〟の意識がある。それらを取り出し、いささかの考察を加えた。

総じて、これらの考察の結果を、「章」では重すぎるので「節」として、第Ⅰ節から第Ⅴ節までに配し、付節一つを付けて構成した。各節のなかのⅰⅱは「項」と位置づけておきたい。書名としては「試論」「論考」等も考えられたが、文明の著書『萬葉集私注』にあやかって、結局「私論」に落ち着いた。副題の「歌」は、上述のごとく歌を辿りつつの考察を意味し、「人」は人となり、「生」は生き方、生きざま、それぞれの謂《いい》である。

いずれにせよ、本書は文明研究の中間報告である。今後も考察と探究を続け、さらなる研究報告をめざす所存である。

なお、折しも今年（平成二十二年）は、文明生誕百二十年、没後二十年に当たる。意図したことではなく、偶々ということとなるが、この意義ある年に、ささやかながら本書を世に示すことのできることを光栄に思っている。

著者

第一節　「榛名を永久の」

一　歌にたどる土屋文明の人と生

――出郷・刻苦・望郷――

ⅰ　「中学に入りし日よ」―ああ高崎中学校―

一生《ひとよ》の喜びに中学に入《い》りし日よ其の時の靴屋あり吾は立ち止る　（『少安集』）

『少安集』は、昭和十八年六月二十五日に岩波書店から刊行された土屋文明の第五歌集で、昭和十三年・四十八歳から同十七年・五十二歳までの歌、八百八十一首を収めている。したがって、この歌はかなり後年の回想の詠ということとなる。

大阪に丁稚《でっち》たるべく定められし其の日の如く淋しき今日かな　（『自流泉』）

という歌も詠じられているように、文明は家庭の経済上の事情から、父の意向により大阪の丁稚奉公に出されることになっていた。それが一転して中学校進学となったのである。

少し覚えのよき生徒にて中学に入れ働かしめむと父が思ひしを　　（『青南後集以後』）

との歌が示すように、父は丁稚あがりの商人よりも、中学卒のほうが収入がよいであろうとの、いわば打算的な判断で、わが息子の進路を変更したのである。文明としては望みうべきもなかったことの急転実現なのであるから、小躍りして喜んだはずである。まさに「一生の喜び」であった。中学入学に当たり革靴を新調してもらった。後年、ふと歩いていると、その時の靴屋が目に入った。すると文明は、その店の前に棒立ちのように立ち止まり、しばし感慨にふけったのである。なにか淋しさに出会うと、丁稚に出されることが父から申し渡されたあの日のように落ち込んでしまうのを常としてきたのとは対照的に、後々何年たっても、あの中学校への進学のことは、一生の感激として回想されたのである。靴の新調は、その一原点であり、忘れ難い象徴的な出来事であったということとなろう。

進学先は、憧れの県立高崎中学校であった。

進学も就職も切実の時代ならずポプラの蔭に寝ころびき五年
（『青南集』）

と詠んでいるように、先の展望がないこともあって、文明はあまり勉強に熱が入らなかった。が、元来、頭がよかったので成績は上々で、とくに理数系が得意であったという。とはいっても、中学進学すらおぼつかなかった家庭事情から、その先の進学など夢想だにできなかった。そうした日常のなかで文明は、文章や短歌などの創作に興味を抱くようになり、同人誌などに投稿するなどしていた。そうした時、在学四年次に他から転勤してきた国語の教師・村上成之《しげゆき》に出会い、文学への志向を一層つよめるようになる。村上は前勤務校が千葉の成東中学校で、その頃から伊藤左千夫と親しくし、詠歌に心を傾けていた。

その村上の紹介で、伊藤左千夫の牧舎で働きながら文学修行をすることとなり、高崎中学を卒業するとすぐに上京する。この上京の経緯については、第Ⅰ節二「土屋文明にとっての伊藤左千夫」にやや詳細に説いた。

ii　「榛名を永久の」―明治四十二年四月十日―

青き上に榛名《はるな》を永久《とは》のまぼろしに出《い》でて帰らぬ我のみにあらじ
（『青南集』）

土屋文明は、芸術院賞を受賞し、やがては文化勲章に輝くほどのアララギの大歌人であるので、その歌を刻んだ歌碑の建立の要請は、はやくから出身の群馬をはじめ、全国各地から寄せられたが、文明は、歌は石に刻むものではない、あるいは、そんなものを建てても犬の小便所になるだけだ、などと言って肯んじなかった。したがって、文明の歌碑はどこにも建てられていなかった。

ところが、その文明も百歳となり、群馬県はその寿を記念して歌碑を建てることを企画した。場所は県立土屋文明記念文学館建設予定地のやくし公園の一角である。この地こそ文明の生家のあった上郊村《かみさと》保渡田《ほどた》（現在は、高崎市保渡田）なのである。文明夫人のテル子（旧姓塚越）の素封家であった実家もこの地にあった。さすがの文明も、群馬県の要請を受け入れ、自ら一首を選び出し、色紙の文字を拡大して刻み、見事にして大きな記念碑となった。その一首が、「青き上に」の歌である。かくして、文明のたった一つの貴重な歌碑が誕生したのである。

この一首は、後年の回想と感慨により詠じられた歌であるが、その回想は十九歳の出郷の折にさかのぼる。出郷して上京したのは、明治四十二年（一九〇九）四月十日であった。郷里上郊村から見渡す近くの山野は、春の青さをみせて列なっている。その向こうに榛名山がまだ黒々とした姿で聳えている。その風景を心に焼き付けて故郷を離れたのである。それから幾星霜が流れ、郷里のその風景は永久の幻となって、忘れることはない。しかし、その懐かしい郷里に自分は帰り住むことをしていない、と忸怩たる思いが心をよぎる。しかし、これは自分一人だけではなかろう、致し方のないことだ、と思い、自分を納得させるのである。現在、記念文学館の前庭に建つ、立派な記念碑の近くに立って眺めやると、文明が「永久のまぼろし」と心に刻んだ榛名は、ゆったりと今も変わらぬ姿で聳えている。

さて、出郷・上京した文明の行き先は、伊藤左千夫の牧舎である。その所在地は、東京市本所区茅場町三丁目十八番地、現在の東京都墨田区江東橋三の五の三である。

四つ目通りに地図ひろげ茅場《かやば》町《ちょう》さがしたりき四月の十日五十年前

（『青南集』）

地図を片手に上京した文明青年は、教えられたとおりに目的地近くまで来たものの、すぐには分からない。地図で町名、所番地を確かめ、ようやくにして辿り着いたのである。「茅場町」、そして「三丁目十八番地」は、この日の日付け「四月十日」とともに、生涯にわたって忘れることはなかった。

感動をこえし変化を見下して称《とな》へみる茅場町三丁目十八番地

（『続青南集』）

まだ石の取り残されし津軽屋敷見下して此の駅に降り立ちき　（同）
国を出で五十七年の四月十日我より言ひて赤飯を食ふ　（同）
明治四十二年貧しき農村を出でて来て昭和四十二年の心を知らず　（『続々青南集』）
狭く乏しき一生はここに始まると言はば言ふべし本所茅場町　（『青南後集』）
七十年になるならむと思ふ四月十日過ぎたる後に独り言ひ出づ　（同）
茅場町三丁目牛舎は忘るなし古き道溝《みぞ》の跡隣の金魚池　（同）
夕早く腹減れば食ふ物飲む物あり今日四月十日七十年　（同）
ここに始めて大地踏むこと知りたりと言はば事々し働く事を　（同）
四月十日八十たびも近からむ次ぎて十三日年かさねゆく　（『青南後集以後』）

こうして七十年経とうが、八十年経とうが、けっして頭から離れることはなかったのである。「茅場町三丁目十八番地」について、「これは私は一生忘れない。死んでも忘れないでせう」（「アララギ」昭和三十八年一月号）と言っているくらいである。

なお、文明の長女草子《かやこ》が、父の没後の歌に、

ふるさとを父の出でし四月十日年々の赤飯今年も炊かむ　（『涸沼《かれぬま》』）

と詠じていることからも、このことが文明宅での長年の継続的な行事であったことが窺知される。

iii 「このよき先生に」― 忘れ難きわが原点 ―

あはれあはれ吾の一生《ひとよ》のみちびきにこのよき先生にあひまつりけり　（『山谷集』）

と詠んでいるように、伊藤左千夫との出会いは、文明にとって決定的なことで、生涯を支配することとなった。まさに「よき先生」との出会いであったのである。この時、左千夫は四十六歳であった。

四十六《しじふろく》歳の左千夫先生に見《まみ》えたりき四十六歳になりてその時を思ふ　（『六月風』）

ところが、伊藤左千夫は、「大正二年かぞえ年の五十歳で、今から見れば早すぎる死を遂げた」（土屋文明『伊藤左千夫』）とあるように、脳溢血で急死してしまったのである。文明が上京し、初めて出会ってから、わずか五年ほどのことであった。文明の悲嘆は並一通りではなかった。

師を喪い、独り立ちしてゆく文明は、後々まで師恩への感謝の心を抱き続け、報恩の心で思い見ている。

松葉牡丹その日のさまに咲くみ墓二十三年は過ぎゆきにけり　（同）
思ひ出は年ごとに清まりゆく如く左千夫廿四《にじふし》回忌《くわいき》にあひにけるかも　（同）
四十九の左千夫先生思ひみつ老いたりしとも若かりしとも　（『少安集』）
左千夫先生ありて我が世のありたるを思へよ上総の国の白米　（『青南後集』）
我が七十八は先生の四十二三なりやいたく遅れし我が心なり　（『続々青南集』）

そして、師左千夫の在りし日の姿を思い浮かべること、しきりであった。

二十五《にじふご》菩薩《ぼさつ》来迎《らいがう》図《づ》散華《さんげ》の朱《あけ》をほめ給ひし左千夫先生目《ま》なかひにみゆ　（『往還集』）
前こごみにて足早の姿おもふさへかすかなるかな二十年前は　（『山谷集』）
或る時はいますが如く影に立ち見えつつもとな年ぞ経にける　（『六月風』）
此の山の温泉《いでゆ》よろこぶ君がへに左千夫歌集も編みにしものを　（『青南集』）

いつの時も早く目覚まし或朝は鳥を聞けよと呼び給ひにき　（同）
我等よりせまき交り遠き友に遊びよろこびし先生思ほゆ　（『続青南集』）
喜びて得意にて歌なほし下されし左千夫先生神の如しも　（『続々青南集』）
東の海沖波高しといふ聞けばわが先生の生ける如しも　（同）
休むなかりし年月の左千夫先生に心ゆたかさを思ふこのごろ　（『青南後集』）

大恩人たる師を慕う気持は、生涯絶えることはなかったのである。

さて、左千夫の牧舎で働きながら文学修行することを志して上京した文明は、早速牛舎に入り、牛の世話をしたり、搾乳作業をしたり、その牛乳を配達したり、と日常の仕事に従事し、そのかたわら、歌会に出席する左千夫の供をして出かけ、斎藤茂吉・平福百穂《ひゃくすい》・古泉千樫《ちかし》など、名前だけしか知らなかった、すでに名を成している歌人たちに直接顔を合わせることができ、面識を広げることともなる。

ところがいくらも経たないうちに、左千夫の指示により転進することとなる。受験を経て、九月には天下の一高（旧制の第一高等学校）に入学する。左千夫が学資支援の篤志家を探してくれた結果である。篤志家は、長塚節の友人で千葉で醸造業を営む寺田憲であった。

これは文明の一生を高く押し上げることに作用し、文明生涯を通じての財産となる。文明にとっての左千夫が大恩人たるゆえんであるが、左千夫は文明の凡庸でない資質と将来性とを、短期間に見抜く慧眼の持ち主であった。文明にとってこれは、まさに僥倖であったといってよいであろう。

ⅳ　「ふるさとのよき山川」―限りない望郷の念―

「榛名を永久のまぼろし」として胸にたたみ込んで故郷を後にして、他郷で幾星霜を過ごす間に、望郷の念はいや増しに募るのであった。しかし、いつしか貧しい生家は売られ、家族も四散して、文明が郷里とする所は喪失の状態となった。

日ざしよき縁側の家は売られたれど夢にしばしば吾ありにけり　　（『往還集』）

懐郷の念のなせるわざである。と同時に、また、

ふる里のよき山川を友と見て吾家《わぎへ》の方と指す方もなし　　（同）

と空しさを反芻することともなる。さらにはまた、

青松山しらゆきふりて静かなるこのふるさとにいつか帰らむ　（同）

と、しきりに心は郷里に向かうのである。

山清水流れて芹の青きみれば故郷にかへり住まむ日もがも　（『山谷集』）
心しづかにあるらむ時のふるさとのしきりに恋ひし此の年ごろの　（同）
冬草の青きこひつつ故郷に心すなほに帰りたく思ふ　（同）
頰被《ほおかぶり》して夕暮の野良かへる我が姿思ふだけで心休まる　（『青南集』）
赤羽に行けば見ゆといふ上野《かみつけ》の雪ふる山もただ恋ふるのみ　（同）
草を摘みいなご追いたる春秋の谷田はしばしば夢に幻に　（『続々青南集』）
此の空の下にふるさとの山河ありかへり見ることなきふる里恋し　（『青南後集以後』）

望郷の念は深まりゆくばかりであり、年齢を重ねるとともに、その傾向は強くなってゆくのであった。せめて遠くからでも故郷の山を眺めてみたいと思う。すると予定した前夜は気持が高ぶってよく眠れないほどである。

この雨が晴れなば一日《ひとひ》行かむとす故郷山《ふるさとやま》の見ゆるところまで　（『続青南集』）

故郷に山を見む日を約し置き何のたかぶりその宵眠らず　（同）

昭和二十年五月の東京大空襲で東京青山の自宅を焼失して、群馬に疎開することとなる。故郷を喪失した文明一家は、人の世話により吾妻郡原町川戸に疎開し、仮住まいする。故郷であって郷里ではない所なのである。

青葉立つ榛名の山の山陰に吾が故郷《ふるさと》をへだてて住まむ　（『山下水』）

毛の国にあり経る六年故里に帰りたるといふ安らぎもなく　（『続青南集』）

寂しく落ち着かない心境での疎開生活となる。故郷といえば、妻も同郷であって、当然望郷の思いは深かったにちがいない。実家が素封家であり、文明とは格段と異なる家屋敷の所有者を親に持っていたが、さすがの妻の実家も歳月の経過のなかで凋落してしまった。故里恋しい思いは、あるいは文明以上であったかもしれない。しかし、妻は郷里のことをあまり口にしなかった。文明への遠慮もはたらいてのことであったであろう。文明はそれを「妻あはれ」と、いまは亡き妻を思いやる。

生れし村見むと言はず終へし妻思ふ我より村に執着持ちて　（『青南後集以後』）
生れし家残らぬは亡き妻も我も同じいくらか誇り持ちし妻あはれ　（同）

Ⅴ　「吾が恋ふる人」―相聞の詠出―

同郷の縁がある塚越テル子は、文明が早くから憧れの思いを寄せる人であった。このことはあらためて次節で取り上げるが、必要範囲内でここでも触れておくこととする。

塚越テル子は、明治二十三年（一八九〇）九月生まれの文明より二つ年長の、同二十一年（一八八八）八月生まれであった。父祖伝来の素封家で、祖父は蘭医、父は村長を二度も務めた人望厚い人で、高崎教会会員であったというし、近郷近在でピアノがあったのは塚越家一軒だけであったというような、いわゆる上層家庭に育った。土地の小学校を終えると上京し、有数のミッションスクールである女子学院に在学、高度な教育を受け、本科を終えると、女子英学塾（現、津田塾大学）の英語科に進み、英語教師の道をめざす。卒業後、東京都内で、女子商業学校の講師を務めたあと、二十五歳の年に母校・女子英学塾の斡旋で、栃木県足利郡立足利高等女学校に赴任する。その時の希望溢れる感慨を、テル子は後年の回想で、「足利を憶ふ」

と題して、

渡良瀬の船橋渡りわれ行きき教職につく期待いだきて　（『槐の花』）
新しき校舎の庭に芙蓉咲き長き袂の少女等なりき　（同）

と詠じ、さらに、同校で過ごした日々を追懐して、

足利学校の秋の祭に列《つらな》ると大日の森行きしおもほゆ　（同）
少女等とたづさへ行きし山峡の村々思ふ杼《ひ》の音筬《をさ》の音　（同）
鑁阿寺《ばんなじ》の鐘をききつつかにかくにわが若き日の五とせ過ぎき　（同）

等々と、晩年近くに詠んでいる。これらのこともまた、第Ⅱ節の一と併せ参照していただきたい。

さて、話題を戻して、塚越テル子が足利に赴き、高等女学校の英語の教員として教職に就いたころ、文明はまだ一高の学生であった。が、それ以前から、同郷の数少ない東京の上級学校の在学生として、互いに意識するところであったらしい。高嶺の花たる上流家庭のお嬢さんに

関心を深めたのは、文明のほうであったようだ。

久方のうすき光に匂ふ葉のひそかに人を思はしめつつ　（『ふゆくさ』）
山の上は秋となりぬれ野葡萄《えび》の実の酸《す》きにも人を恋ひもこそすれ　（同）
西方《さいはう》の峡《はざま》ひらけて夕あかし吾が恋ふる人の国の入り日か　（同）

文明の処女歌集『ふゆくさ』の「山上相聞」と題して収める十四首のうちから抜き出した。相聞とは恋の歌である。郷里に帰省した文明が、近くの山に登り、山上からテル子の住む足利の方向を望み、彼女に寄せる思いを歌に託したものである。

春といへど今宵わが戸に風寒しわがこころづまさはりあるなよ　（同）

また続く「白楊花」と題する四首のなかには、

白楊《どろ》の花ほのかに房のゆるるとき遠くはるかに人をこそ思へ　（同）

と詠ずる一首もある。

さらに続いて、「春宵相聞」と題する四首がある。

夕べ食《を》すはうれん草は茎《くくた》立てり淋しさを遠くつげてやらまし　（同）
ふる里の春の林の白楊《どろ》の花かなしとはみて幾年《いくとせ》を経し　（同）
みなぎらふ光のなかの白楊《どろ》の花ひそけきからにかなしく思ほゆ　（同）
春といへど今宵わが戸に風寒しわがこころづまさはりあるなよ　（同）

これらはいずれも、「吾が恋ふる人」、さらには「わがこころづま」と呼ぶテル子に寄せる切実な胸の内の披瀝である。「遠くつげてやらまし」とは思うものの、しかしそれは、「遠くはるか」な人に向けての「ひそか」な、そして「ひそけき」思いでもあった。それゆえに「かなし」と思われるのである。

それが思いかなって結婚。信州諏訪の郡視学の地位にあり、長野県教育界に知見広い島木赤彦の世話で長野県立諏訪高等女学校に教頭として赴任するに先立ち、高崎中学校時代の恩師・村上成之の仲介・媒酌で実現をみたのであった。栃木県足利郡立高等女学校の英語の教職を辞した新妻を伴って、文明は信州諏訪に赴いた。

煙たつ湯をまぜながら言ふ妻の声はこもらふ深き湯室《ゆむろ》に　　『ふゆくさ』
寒き国に移りて秋の早ければ温泉《いでゆ》の幸《さち》をたのむ妻かな　　（同）

「煙たつ」の歌には、新妻に寄せる夫・文明の愛情がにじみ出ているし、「寒き国に」の歌からは、新妻・テル子の幸せぶりが見て取れる。そして、教頭から校長に昇格した諏訪に四年、松本に転じて二年、木曽の中学校への左遷を拒み上京、妻・テル子は、再び足利に教職を得て、松本で生まれた幼児二人を連れて赴任。東京での生活に、どうにかめどが着いた文明は、妻子を東京に呼び寄せる。しかし、そうした間には、

むづかる児見ぬがごとくに食《くら》ひ居る妻に罵《ののしり》をはきかけにけり　　『往還集』
罵《の》らるればふくるる妻も老いにけりかくして吾もすぎはてむとす　　（同）
ほころびを縫はざる妻を毒づきてあけ近き蚊帳《かや》に蚊を焼殺《やぎ》り居り　　（同）

などということもあった。短気で癇癪持ちの文明は、妻をよく叱りつけ、時には手を挙げることもあったらしい。松本時代には、その怒声が外にも響き、近隣の人々からは家庭内虐待では

ないかと噂されたほどであったという。「罵《ののしり》をはきかけ」、「罵《の》らるれば」は、そうしたことの形象化である。しかし、テル子も負けてはいなかったらしい。それを証言するのは、両親を「性格のきつい同士の二人」と評する長女草子《かやこ》である。

　時に苛立ち、わけもなく癇癪を起こす父の対応に、母は母で、ああいうはげしい人には、それ以上に強く出なければダメという信念というか、智恵というかがあって対処して来られたのだと思う。父に負けてはいない母であったし、また父に惚れこんでいる母でもあった。

（小市草子著『かぐのひとつみ―父文明のこと』）

したがって、「父に惚れこんでいる母」ともあるように、けっして険悪な夫婦仲というわけではなかった。次のような歌が数多く詠じられるゆえんでもある。

浅草の午後のひそけき食もの屋妻ともの食ふ相むきあひて　『山谷集』
映画館の幕間あかるき吾がそばにわがふり妻の居るは安けし　（同）
露しげき物干の上の星月夜子供を寝かせて妻の来にける　（同）
わが妻の老の日頃の幼《をさな》さびカルメ焼きため吾を待ち居り　『自流泉』

幼き日共にせざりし妻と来て今日はけんぽなしの実を拾ひ合ふ　（同）

ⅵ　「待つ者がある」―挽歌へ―

上掲の「罵《の》らるれば」の歌に、「妻も老いにけり」とあったが、この時点ではテル子は、まだ三十歳後半頃であり、「かくして吾もすぎはてむとす」を導き出すための強調的措辞であったかもしれない。しかし、歳月は確実に過ぎて、やがて二人も老境を迎えるようになる。その間には、第Ⅲ節の二で取り上げるように、長男夏実の死という悲哀にも遭遇する。

比企《ひき》の山の若葉の頃と談りつつつひに伴ふ時待たざりき　（『青南後集』）

老境に入った文明夫妻は、そろそろ墓地のことも考え始め、若葉の好季節を待って、埼玉の比企の分譲墓地を見に行こうと語り合っていたのである。ところが、その時を待たずに、テル子は昭和五十七年（一九八二）四月十三日早朝、九十三歳で死去してしまう。老齢に至ってはいたが、格別病んでいたわけではなかった。医者は老衰と診断したという。

我が声に応へをとつひも浴みたりき独り湯浴みて恙《つつが》なかりき　（同）

と詠じる文明は、諦め切れずに悲しみにくれるほかなかった。かつて「吾が恋ふる人」、「わがこころづま」と相聞歌に詠み、七十年余の間、慣れ親しんできた妻の死を、ほとんど突然に迎えたのである。悲嘆は筆舌に尽くし難かったであろう。『青南後集』は、テル子の死を悼む挽歌集の趣を呈している。

黒髪の少しまじりて白髪のなびくが上に永久《とは》のしづまり　（同）
さまざまの七十年すごし今は見る最もうつくしき汝《なれ》を柩に　（同）
そのあけを少し濃くせ頬くつろぐ老を越え来し若き日を見む　（同）
終りなき時に入らむに束の間の後前《あとさき》ありや有りてかなしむ　（同）

とくに「終りなき」の一首は、哀絶をきわめている。

幾たびか添ひ立つ晴れの場もありて更《かは》るなかりし一筋の帯　（『青南後集以後』）
晴着一枚年重ぬれば褪せゆくを綴り繕ひ一生まとひき　（同）
生れし村見むと言はず終へし妻思ふ我より村に執着持ちて　（同）

妻亡き後、あらためて思われる感謝の気持、いたわりの気持の表出である。

妻ありき怠るわれを離れざりき妻なれば我を見放たざりき　（同）

いつはりの多きわが過ぎし日を知る者は亡き妻一人ただに悲しむ　（同）

感謝の思いは、ここにさらに痛切に表出されている。あとは、

亡き後を言ふにあらねど比企の郡槻《こほりつき》の丘には待つ者が有る　（同）

道のくま何の蔭にて待つならむ先に行きたるあはれ吾妻《あづま》よ　（同）

と思いつつ過ごすのみとなる。そして文明は、平成二年（一九九〇）十二月八日午後、百歳の生涯を閉じ、「待つ者がいる」比企の丘に葬られたのである。

参考文献

小市草子著『かぐのひとつみ―父文明のこと』（平成十六年二月、一茎書房刊）

二　土屋文明にとっての伊藤左千夫

——大恩人との出会い、そして報恩の誠へ——

i　伊藤左千夫との出会い

土屋文明にとって、上州から上京して伊藤左千夫のもとに文学修行のため弟子入りしたことが、人生の一大転機であり、大恩人との運命的な出会いでもあった。

伊藤左千夫は、

牛飼《うしかひ》が歌よむ時に世の中のあらたしき歌大いにおこる

の歌が知られているように、牛を飼い、搾乳業を営む一方で、小説等の創作のほか、歌人として活動をする文学者であった。

本名を伊藤幸次郎といった左千夫は、元治元年（一八六四）八月十八日、現在の千葉県山武郡成東町殿台、当時の上総国武射郡殿台村の安定した農家に四男として生まれ、長じて十六歳で上京し、明治法律学校（現・明治大学）に入学したが、眼底充血・進行性近視眼のため、学業を断念、在学六ヶ月で退学して帰郷し、農業の手伝い等に従事していたが、二十歳の折、家出同然にして再び上京。二、三の牛舎で働き、乳業に関する知識を身につけ、明治二十二年（一八八九）四月、二十四歳の折、東京・本所区茅場町（現在、墨田区江東橋）に独立して牛舎を開き、搾乳業を営む。

やがて家業が安定するにつれ、創作に手を染める一方、短歌に関心を深めてゆき、正岡子規に師事、子規庵の歌会に出席して作歌に励み、子規の根岸短歌会同人として交友が広がり、次第に歌壇でも認められるようになる。

子規没後、根岸短歌会機関誌「馬酔木」を創刊、この会の中心にあって重きを増す。そのかたわら創作も進め、明治三十九年（一九〇六）には、処女作『野菊の墓』を「ホトトギス」に発表し、夏目漱石の激賞を受ける。以後、多くの小説を発表し続ける。さらにその後には、蕨《けっ》真《しん》の発行した「アララギ」に協力し、中心的な存在を占め、島木赤彦、斉藤茂吉ら若手歌人の育成に努める。

土屋文明が上京し、左千夫のもとに弟子入りしたのは、明治四十二年（一九〇九）四月、左千夫四十四歳、文明十九歳の時のことである。その年の九月には、「アララギ」の発行所も左千夫宅に移され、左千夫は編集発行人を務め、いわば、左千夫の歌人としての充実期であった。この時期の左千夫について文明は、

（左千夫先生は）やうやく自力による生計の立ち始めたころから、歌が好きで歌を作る機会に遭遇し、子規に逢ふやうになつてからは、或る程度その生計まで犠牲にして、歌に全心を打ちこんだ。（『伊藤左千夫』）

と評し、「歌に全生命をかける生き方（であった）」（同）とも言っている。

このような左千夫の充実期に弟子入りしたことは、文明にとって僥倖であったといえよう。文明が左千夫のもとに弟子入りすることとなった経緯は、後述するところであるが、文明の人生の一大転機であり、文明の百年に及ぶ生涯を領導してくれる、運命的ともいうべき大恩人との出会いであった。

文明は高崎中学在学中、少しばかり文学に関心を抱き、作歌し、投稿などしていた。ところが、在学途中に新たに赴任してきた国漢の教師村上成之《しげゆき》が、文明の投稿していた歌誌「アカネ」

の歌人であることを知り、驚嘆すると同時に畏敬の念を深め、師事し、薫陶を受ける。

村上成之は、国語伝習所出身の国語教師で、各地の中学校を歴任するなかで、子規を慕い、左千夫について「馬酔木」「アララギ」を通じて歌作を進め、没後にはなったが、歌集『翠微』（岡麓・島木赤彦・斎藤茂吉ら序、年譜・編輯校正・巻末記を土屋文明担当）が刊行される。千葉県成東中学校勤務の頃以来、歌を通して左千夫と懇意のこの村上の斡旋・紹介で、左千夫のもとに弟子入りすることとなり、三月卒業の翌四月に上京した。

文明は「中学を卒業した時、村上先生にねだって伊藤先生の所の牛飼として貰うこととなった」（『ふゆくさ』「巻末雑記」）、また「村上先生の温情にすがり、懇請して上京した」（『羊歯の芽』）などと回想している。つまり、左千夫の牛舎で「牧夫として働き」（『羊歯の芽』）ながら文学修行を志したのである。

こうして、文明にとって大恩人となる伊藤左千夫との運命的な出会いを導いてくれたのは、実にこの村上成之であった。したがって文明にとって、大恩人たる左千夫との巡り合わせの橋渡し役を果たしてくれた村上は、まさしく終生の恩人にほかならなかった。その村上は、五十七歳で他界してしまうが、訃報を聞き、駆けつけた文明は、その早い死を悼んで、

まばらなる髯《ひげ》すこし延びて在りしより淋しき口を結びたまへり　（『ふゆくさ』）

気短《きみじか》きわれをたしなめしかられし尊《とほと》き人を死なせ給ひき　（同）
左千夫先生に善く仕へよのみ誨《をし》へを忘れし時も守りし時も　（『続々青南集』）

等々、懐旧のなかで、数々の哀傷の歌を詠じている。文明夫人テル子もまた、

藪かげの君がみ墓に香たくと笹の落葉をわれは掃ひぬ　（『槐の花』）
君ありて今日の夫ありわが幸のありとし思ふみ墓に立ちて　（同）

と、深い哀悼と謝恩の情を詠じている。「君」があってはじめて「今日の夫」があり、そして「わが幸」のあるというのは実感であり、真情がこもっている。

ii　本所茅場町へ ― 四月十日 ―

十九歳の文明が、伊藤左千夫の牛舎で働きつつの文学修行を志して上京したのは、明治四十二年（一九〇九）四月十日、向かう所は、東京市本所区茅場町三丁目十八番地であった。この日のことを文明は生涯忘れることなく、回想しつつ詠じていることも、前節に触れた。

後年、信州諏訪に教職を得て赴き、初めて校長の私宅を訪ねた時の回想として、「初めて上

京の日、本所四ッ目通りで、地図をひろげて、左千夫先生の宅を探した時よりはいくらか、心強い気がしないでもなかった」と言っている。初対面の人を訪ねる時の緊張感なのであるが、こうした際、念頭から離れないのは、あの原点ともいうべき、上京して地図を片手に左千夫の牛舎を探した折のことであったのである。

そして、前説でも見たように、「四月十日」を追懐する歌は、

国を出で五十七年の四月十日我より言ひて赤飯を食ふ　（『続青南集』）

をはじめ、実に多い。「四月十日」は、文明にとって忘れがたいわが人生の原点を鮮明に刻む日付けなのである。また、「四月十日」の日付け同様に、それと一体の「本所」「茅場町」を詠み込む歌も、後年になるにつれて頻度を増してきている。年齢を重ねるにしたがって、わが人生の原点たる上京の折のことがしきりに追想され、懐旧の度を増していったことが窺われる。

アス敷きてパチンコ横丁ありし日の本所茅場町三丁目十八番地　（『青南集』）
石油燈瓦斯燈の点火夫行きちがふ本所三ッ目の宵蝙蝠多かりき　（同）
感動をこえし変化を見下して称《とな》えみる茅場町三丁目十八番地　（『続青南後集』）

狭く乏しき一生はここに始まると言はば言ひべし本所茅場町　（『青南後集』）
茅場町三丁目牛舎は忘るなし古き道溝の跡隣りの金魚池　（同）
ここに始めて大地踏むことを知りたりと言はば事々し働く事を　（同）
本所茅場町伊藤左千夫に寄り行きぬ斉藤茂吉によりてこの青山　（『青南後集以後』）

「狭く乏しき」の歌は、卑下を含みつつも、けっして悔いているわけではあるまい。この歌は、「本所茅場町」と題する五首のうちの一首である。「ここに始めて」の歌には、「茅場町」が詠み込まれてはいないが、「追憶本所茅場町」と題する五首のうちに収められている一首である。そのほか、

本所茅場町名はほろびたり炎天の広場はいくつかのバス発着す　（『青南集』）
茅《かや》の舎《や》の牛洗ふ水流れゆく芦原にはなほ蓮の残りたりしを　（同）
朝市の車に並び馳せたりき地下足袋の触感は今に力を与ふ　（同）

などの歌があり、さらには、

残るもの三つ目通り緑町名のみといへど親しかりけり　（『続々青南集』）
先生なき後の一二年此所に商ひやや安らぐと見えしものを　（同）
源森橋渡り箱車挽きてかへる我が仕事に就く手はじめなりき　（同）
まずゴム足袋買ひて行けよといふみ言葉今も怠る時には思ふ　（同）

などの歌がある。右の四首は、「錦糸町駅前」と題する十首のうちである。ちなみにこの錦糸町駅前（南口）こそ、ほかならぬ茅場町三丁目の跡地なのである。なお、この南口には現在、墨田区役所によって建てられた、伊藤左千夫牛舎跡の説明文と、左千夫の歌碑がある（本書口絵写真参照）。

こうして文明の、茅場町への追懐は尽きるところを知らない。文明にとって、いわば「茅場町」、「三丁目十八番地」そして「四月十日」は、人生におけるキーワードのごとくにして、終生わが身から離れがたいものであった。

iii　牛舎から出て、一高へ

こうして、文明の茅場町での修行生活が始まり、牛乳配達の作業を通じ、牛乳一合は買えないため、五勺の牛乳の配達を受ける貧しい人たちの存在にも気づかされ、わが生い立ちと思い比べつつ、〝貧〟ということを改めて考えさせられもする。

薄荷瓶磨《す》る路地の家に牛乳五勺くばりゆきしは人知らざらむ　　『青南集』

貧に馴れて貧に親しまず貧のために訴ふることもなく過ぎしかな　　（同）

この〝貧〟という問題は、文明が生涯抱き続けて過ごす意識でもあり、第Ⅴ節で改めて取りあげる課題でもある。

その一方で、歌会に出席する左千夫に伴われて出かけ、斎藤茂吉をはじめ、蕨真《けっしん》・古泉千樫《こいずみちかし》・平福百穂《ひらふくひゃくすい》らの歌人と面識を持つようにもなる。ところが、突如、左千夫の薦めで転進することとなる。その折のことを文明は、回想して次のように記している。

私は、百姓仕事を本格的にやる機会はなかったが、養蚕、畑作、その時々の労働には使われていたし、周囲の人々の働く実態は見ていたから、それ等にくらべれば、牧舎の労働を、格別苦しいものとは感じなかった。先生の歌会にはお伴も出来た。そこで、名と作品だけで知っていた人々とも、親しく話す機会もあり、人々も、それぞれに、私をいたわってくれる様子でもあった。まずまず、落ちついて日を送っていたある夜、外出から帰られた先生に呼ばれた。先生は別に改まった口調でもなく、君は今度学校へ行くことになった。近日中に仕事をやめ、入学試験の準備をしなさい。詳しいことは、あとでゆっくり話す、ということであった。

その年の秋、運よく、実に運よく、第一高等学校に入学することが出来た。それは、先生の口添えで、長塚節大人の親友であり、先生の友人でもある千葉県神崎町の酒造家寺田憲氏から、月々金五円の学費補助を戴くことが、先生の頼みによって、寺田氏から快諾を得られたということによってであった。

(『羊歯の芽』)

またこれも、後年の回想のなかで次のようにも述べている。

左千夫先生が、私を牛小屋から引き出されたのは、先生は私に何を期待されたのであろう。先生は、一度もそんなことについて口に出されたことはなかった。それは、お前自分で考えろというのであったかも知れないし、先生は人間の行路が、他からの指図できまるものでないことを理解されて、私のなすべきことなど、何も言われなかったようにも思われる。また、先生の指導のもとに、牛小屋から出てくる以上、そのやるべきことは、きまっているという御心であったかも知れない。私は、平凡にして平穏な生活が、やや定着して来るにつれて、左千夫先生によって牛小屋を出て来たことについて、考えるともなく、考えることもないではなかった。（同）

こうしてみてくると、おそらく左千夫は慧眼の持ち主で、文明と接したわずか数ヶ月の間に、ただ牛の世話などして過ごす青年ではないと見抜き、友人らにも相談して、こうした方向を指し示してくれたものとみえる。おそらくここには、左千夫の文明に寄せる評価と期待がこめられていたものと見て取れる。しかも、学費支援の篤志家まで探してくれての措置であったのだから、文明にとって幸いこのうえなく、人生の大飛躍となったのである。牛舎の仕事から離れ、学業に専心することとなる文明に対して左千夫は、学資の足りない部分の補いには、翻訳とか原稿浄書等の、いわゆるアルバイトまで面倒をみてくれた模様なのである。

明治四十二年（一九〇九）九月、晴れて一高文科に入学した文明は、山本有三・豊島与志雄・三宮《さんぐう》允《まこと》・近衛文麿らの級友に恵まれた。ところが、一年次のドイツ語の点数が芳しくなく、山本有三とともに落第の憂き目を味わう。しかし、芥川龍之介・久米正雄・菊池寛・矢内原忠雄・藤森成吉・倉田百三らが新たな級友となり、交友範囲を広げる結果となった。

文明は、学資支援者の寺田憲に対して時候の挨拶をはじめ近況報告など、実にこまめに音信をしているが、当然のこととして上記落第のことも報告し、お詫びをしている。

拝啓、如何に申し上げ候ふべきか言葉も存じ申さず候。先日左千夫先生より申し上げられし如く私は第一回の学年試験に腑甲斐なく落第いたし候。何等なすなき鈍才の沈倫せるを捨てられざりし御高情を懐ひ候へば、一刻たりとも空しく過すべからざる時に当り、怠慢にしてかゝる大失態を招き候ふ上は一語の罪を軽んずべきもの無之候。更に此の上に御高情を辱うするはひそかに心にはぢ候へども、今はたゞ努力御高情に報ずべきと存じ候。質の鈍にして御恩の万一にもさふ《ママ》を得ざるはかへすがへすも耻しく候。不一（句読点は、便宜、私に付した）
（明治四十三年七月十二日、下総国香取郡神崎町　寺田憲殿　御執事）

落第の事実を左千夫から寺田あてに、まず報告かたがた意向を伺い、寺田から学資支援継続の寛大な返答に接した左千夫が、文明に指示して書かせた釈明とお詫び、ならびに寛大な処置に対する御礼言上、ということの次第が推察される。

文明はさらにその後も、寺田にご無沙汰のお詫びかたがた近況報告をし、その折々の心境などを伝えている。

拝啓、久しく御無沙汰に打ちすぎ申候こと何の申しわけも無之候。冷いよいよ加はり申し候にも御かはりも無之あらせられ候か、伺ひ上げ申し候。小生は至つて健全に罷り在り候。先学年の大失敗は罪の贖ひ様も無之候。内には尚数十人の同類有之候へばや〻忘るゝ時も有之候へど、学校以外の人に接する時は身の置き場もなき思のひしくと迫り候。左様の次第にて自然左千夫先生の方へ疎になり、諸所へも無音になり居り候。先日は先生より時々の消息も怠り居るとにていたく御しかりを蒙り候へども、右様の次第にて他意あるに候はねば御寛容の程願ひ上げ候。愚鈍の質にて失敗のみ重ね居り、物の用にも立つまじき者には候へども、力の限りを尽くして何時かは御恩の万分の一なりと報じたしと存じ居り候へど、天資乏しく事の遅きのみ怖れ居り候。草々不一（句読点は、同前）

（同上年十一月六日、千葉県香取郡神崎町　寺田憲様）注・書簡は、小市巳世司編『土屋文明書簡集』による。

これもおそらく、左千夫から叱責を受けた際に、促されて筆を執ったものとみえる。

さて文明は、プラス一年の四年間在学した一高を、大正二年（一九一三）七月に卒業の運びとなるのだが、ところがその同月三十日、左千夫が脳溢血で死去してしまう。数え年四十九歳であった。意外にも早い大恩人の死である。文明は左千夫の遺骸に取りすがり号泣したという。

また、亀戸普門院で執行された葬儀の折にも文明は、激しく嗚咽・慟哭したというが、無理からぬことで、文明の悲泣の胸中は察するにあまりある。しかし、師左千夫の死そのもの、悲傷の心そのものは歌にしていない。

畳《たた》まざる洗《あら》ひ衣《ぎぬ》きるをまがごとと家人《いへびと》にいはれいそぎいでたり
あるがままの香取線香を上げたれば落ちてたまれる虫のかなしさ
夜の風はげしく吹き入り先生はかけ衣の下に動くがにみゆ

『ふゆくさ』の「左千夫先生逝去」と題する三首である。死そのものではなく、いかんともしがたい、込み上げる悲泣を押し殺したような詠歌である。

なお、「アララギ」の伊藤左千夫追悼号（大正二年十一月）に、文明は「わかれ」と題する、真情こもった一文を書いている。

大恩人逝去の悲しみと寂しさのなかで、篤志家からの学資支援の続く文明は東京帝国大学文科大学哲学科（心理学専攻）に進学。大正五年（一九一六）六月卒業、生涯を通じての強力な基盤を築く。しかし、新しい学問分野の心理学専攻ということもあって、就職は順調ではなかった。しばらくして、島木赤彦の斡旋で、諏訪高等女学校に教頭として赴任する。これについて

も、文明は回想のなかで、

いよいよ窮し、安定を願った時に、島木赤彦から、長野県へ教師に行かぬかと言われた。渡りに船というのであろう。すぐに頼みこんだ。師範学校と女学校とあるらしいとのことであったが、師範学校は、とても勤まりそうもなく感じられたので、出来たら女学校の方をと頼んだ。（『羊歯の芽』）

と記している。

島木赤彦は長野師範学校の出身で、諏訪の郡視学を務め、県下の教育事情に通じていた。また、諏訪高女校長の三村安治は、長野師範における赤彦の先輩であった。赤彦は左千夫に師事した歌人であったことからすれば、文明の教職への就職も、つまりは故左千夫につながる縁であったということとなろう。

文明は諏訪高女教頭二年ほどで、県視学として栄転する三村校長の後任に推挽されて校長に昇格、全国で最年少の公立中等学校長となり、数年にして松本高等女学校長に栄転する。が、そこで思いがけなく左遷の屈辱を味わい、職を投げうつようにして上京してしまう。しかし、このことは主題を異にするので別項に譲り、左千夫とのことに戻ろう。

あはれあはれ吾の一生のみちびきにこのよき先生にあひまつりけり

ⅳ　大恩人への終生の報恩

第三歌集『山谷集』に、「左千夫先生を思ふ」と題する歌に続き、「十二月十六日」と題するなかに収めるこの一首は、文明の左千夫に寄せる思いの総括にあたる歌といえよう。実感のこもった深い報恩の念がこめられた、まさに秀逸といってよかろう。

この詠歌に象徴されているように、左千夫に寄せる感謝と報恩の心を、文明は以下にみるごとく、終生忘れることはなかった。そしてそれは、齢を重ねるにつれて、いっそう鮮烈な思いとなっていっている。

とともに文明は、自分が年齢を重ねるにつれ、その年齢のころの左千夫を思い見て、自分の至り得ない師の偉大さを追懐し、改めて尊敬の思いを反芻している。

山羊の毛皮しきねて思ふ翁と呼びし先生の齢に吾は近づく　（『山谷集』）
四十六歳の左千夫先生に見《まみ》えたり四十六歳となりてその時を思ふ　（『六月風』）
四十九の左千夫先生思ひみつ老いたりしとも若かりしとも　（『少安集』）

先生も見たまはざりし国々に遊びつつ先生の齢こえむとす　（同）

先生の齢を二十五年過ぎやや御こころに近づく思ひ　（『続青南集』）

我が七十八は先生の四十二三なりやいたく遅れし我が心なり　（『続々青南集』）

左千夫の在りし日を偲び、追懐にひたる歌は、枚挙にいとまないほどである。これも前項と重なるが、必要上、挙げておく。

二十五《にじふご》菩薩《ぼさつ》来迎図《らいがうづ》散華《さんげ》の朱《あけ》をほめ給ひし左千夫先生目《ま》なかひにみゆ　（『往還集』）

前こごみにて足早の姿おもふさへかすかなるかな二十年前は　（『山谷集』）

よき友にまもらるる今日の幸を心に持ちて左千夫先生の墓に来つ　（同）

この海を左千夫先生よみたまひ一生まねびて到りがたしも　（『少安集』「虎見崎」）

かく茂る槐《ゑんじゅ》をみれば立ちよりてゆたかにいましその日思ほゆ　（同「左千夫先生忌日近し」）

左千夫先生五十歳前にありければかく死をおそれしこともかなしも　（『自流泉』「北に行かむとして」）

早き老をなげきし文章もあはれにて幼き恋を読みつづけてゆく

（同「左千夫選集小説篇校正」）

みたまあり来り助くと起き出でてただす前版《ぜんぱん》の誤植ひとつ　（同）

此の山の温泉《いでゆ》よろこぶ君がへに左千夫歌集も編みにしものを　（『青南集』「そひの榛原」）

いつの時も早く目覚まし或朝は鳥を聞けよと呼び給ひにき　（同）

明治四十二年なほ石油ランプ用ゐたる先生を貧しとも豊かとも思ひ出づ　（同「夾竹桃」）

左千夫先生見給ひし跡を慕ひあるく天気はげしき甲斐の一日　（『続青南集』「甲斐の一日」）

我等よりせまき交り遠き友に遊びよろこびし先生思ほゆ　（同）

過ぎし人々いかにか山の湖《うみ》に上り来し別して明治四十二年左千夫先生　（同「角館田沢湖」）

居候に土屋つれゆき先生は自分の借金の話したりき　（同「病後越年」）

さくら鍋硬かりければ豚にかへき左千夫先生との最後の食事　（同）

雨の日を喜びし先生の心おもふ出でて勤めずなりし此の頃　（『続々青南集』「雨の春」）

恋ひ死なむまでに思ひし三日月湖住む日なかりきああ左千夫先生　（同「富士山麓雑歌」）

煮豆にて賜はりし左千夫先生最後の茶ものともせざる貧の中にて　（同「偶成」）

世のことごと諦め見きはめし面《おも》かたちあああいまだ五十なりしを　（同）

東の海沖波高しといふ聞けばわが先生の生ける如しも　（同「冬となりて」）

命あらば左千夫先生にならぶまで上総の海を歌ふ日あれな　（同）

喜びて得意にて歌なほし下されし左千夫先生神の如しも　（同「集を終らむとして」）

先生のなき後六十年なりといふかへりみるなしに過ぎし我が生か　（同）

休むなかりし年月の左千夫先生に心ゆたかさを思ふこのごろ

（『青南後集』「左千夫先生のことども等」）

我が知らぬ少年伊藤幸次郎のつとめ学びて残る文字を見る　（同）

直訳の算術問題も丁寧に幼き筆にしるしたまへり　（同）

左千夫先生終りの処あらはすと聞けば来り見るその大島を　（同「伊藤左千夫先生終焉地」）

竪川を中にはさみて住み終えし貴き御いのち形見と此処を

（同「左千夫先生城東竪川歌碑」）

川は埋まり石はいさごとくづるとも歌の命はとこしへにこそ　（同）

移りゆく時世善し悪しと言ふならず土も水も滅び残りし御歌　（同）

古き影見るなき中に諸人の心石を置き愛でし樹々植ゑ下さる　（同）

左千夫先生歌碑をつつしみ我しるす石は伊予より運ばれしといふ　（同「伊予の国」）

左千夫先生ありて我が世のありたるを思へよ上総の国の白米　（同「上総の国の白米」）

輝きて白きは成東のコシヒカリうから左千夫先生に頼りて食ふ　（同「米と芋殻」）

雨の日の籠り居よろこびし先生の心思ほゆ九十四になりて　（『青南後集以後』）

掃木の持方左千夫先生に直されき何時か忘れて今はうやむや　（同）

こうして詠じ続けられる歌々は、いずれも文明の師左千夫に寄せる追懐・追慕であると同時に、敬慕の思いに裏うちされている。大恩人に対する報恩の念の、自然なる流露でもあろう。文明のこの報恩の念は、終生わが身から離れることはなかった。

なかには、意外とも思われる、

なき後の二三年ならむみ墓にもよりつかざりし吾をぞ思ふ

（『少安集』「左千夫先生二十七回忌」）

のごとき、反省と悔恨を含む歌もあるけれども、また、

み墓にうゑむ馬酔木の苗をまもる二年にしていまだちひさし　（『少安集』「伊藤左千夫忌」）

との歌もあって、報恩の心が窺われる。これも年を追うごとに忌日・回忌にかかわる歌が多く

詠まれており、追慕・追懐の情の深いことを、如実に物語っている。

年月のすでに久しきみ寺に来て今日の思はいたく静かなり
（『往還集』「左千夫先生十五回忌於普門院」）

香たきて仰ぐに親し先生がほめし天蓋《てんがい》の唐花《からはな》のかた
（同）

思ほえばこやせる御顔大きくあり眼鏡もともにをさめまつりき
（同）

朗にかがやくさくら山の上に今日来て見るは久しかりけり
（『山谷集』「富士見　左千夫赤彦追悼歌会」）

よき友にまもらるる今日の幸を心に持ちて左千夫先生の墓に来つ
（同「十二月十六日」）

松葉牡丹その日のさまに咲くみ墓二十三年は過ぎゆきにけり
（『六月風』「左千夫先生二十三回忌」）

或る時はいますが如くに影に立ち見えつつもとな年ぞ経にける
（同）

たづさはり此処のみ墓に水そそぐいや年のはになほし頼もし
（同）

白玉《しらたま》のこひ嘆きさへ年古《としふ》りてただほのぼのとあはれなるべし
（同）

移り来し家にゆづる葉の茂り居て二十三年の忌日をぞ待つ
（同「伊藤左千夫先生二十三回忌歌会」）

思ひ出は年ごとに清まりゆく如く左千夫廿四回忌にあひにけるかも
（『六月風』「伊藤左千夫先生忌二首」）

亀沢町《かめさはちやう》終点のところなりき伴《ともな》はれてビフテキ食ひし記憶かなしも
（同）

蓮《はす》の葉の広らに水瓜《すゐくわ》大きければ先生が好みて置けるごと思ふ
（『少安集』「左千夫先生七十七回誕辰記念会　成東町」）

門人の最後のわれもやうやくに鬢《びん》しろくして今日は来れる
（同）

幼きが多く老いしも交《まじ》る殿台《とのだい》の幸次郎さん記念の会に
（同）

蒲生野を一日歩きて眠らむにまた思ひかへす先生の解釈を
（同「左千夫忌」）

五十回忌集る百五十人その人を知るは四人となりたるかなや
（『続青南集』「左千夫先生五十回忌」）

天地の清き間をわがものと游べる命とこしへにして
（同「左千夫先生ほたるぶくろ自画讃の後に」）

神の成すものにしあれば一茎の草のこころの今も匂へり
（同）

いずれも、感謝・報恩の心がこもっている。文明はこうして、大恩人である「よき先生」と回顧する左千夫に、生涯誠の心を尽くし続けたのである。

ちなみに上記の五十回忌の法要は、昭和三十七年八月五日、亀戸普門院で営まれ、そのあと開かれた錦糸町駅ビルの錦水での懇談会で、文明は「口演」を行い、それが「アララギ」昭和三十八年一月号に「本所茅場町三丁目十八番地」の題名で掲載されている。文明はそのなかで、「先生の住所は、これは私は一生忘れない、死んでも忘れないでせうけれども、本所茅場町三丁目十八番地ですね」と力説している。文明に占める「茅場町三丁目十八番地」の大きさ、重さが知られて、あまりある。

なお文明は、後年・昭和二十七年（一九五二）に明治大学文学部教授に就任する。偶然のことではあるが、すぐに左千夫とのかかわりを意識する。左千夫は先述のように、明治大学の前身の明治法律学校に在籍したことがあったのである。

伊藤左千夫幾月か籍をおきし故我は忘れず明治専門学校　（『青南集』「駿河台讃歌」）

と詠じて、左千夫とのかかわりに満足を覚えている。ちなみに、文明は明治大学ならびに駿河台に関する歌を何首か詠んでいるものの、左千夫にかかわる歌は右の一首だけである。

大恩人であり、師でもある伊藤左千夫を終生敬慕し続け、報恩の誠を捧げてきたことは、すでに述べてきたところであるが、師恩に報いることは、『伊藤左千夫』（昭和三十七年七月、白玉書房刊）の著述のほか、左千夫に関する歌集・歌論集の編集・刊行、さらには小説の解説等の多くの仕事をとおして、持続的に果たしてきている。

文明自身の代表的な著作は、芸術院賞の受賞、文化勲章受章の栄誉にもつながる『萬葉集私注』二十巻であるが、この仕事の発端は、左千夫の「萬葉集新釈」が巻一の七七番歌までで中断されていることを惜しみ、それを補うことから始めたものであるという。

左千夫先生が懸命の志を以て従はれた萬葉集新釋は巻第一が完結せぬままに先生の命終となったのであるが、私は先生からの恩頼にこたへるために、せめて新釋の補注をつくりたい念願であった。先生は学者ではなく座右に置かれたのも古義と考の程度で其の後の研究の成果は利用することがなかったから、私の補注はさうしたものを一通りつけ加へて新釋をよみやすくし、学問的進歩に左右されない先生の達識を明らかにしたいと考へたのであった。

と、『萬葉集私注　第一巻』の「後記」に記している。それが、改造社、続いては筑摩書房等の慫慂により、発展して全二十巻の著述にまでなったのであってみれば、左千夫を敬慕し、師恩に報いる思いが、文明自身をも高め、深めることに作用していったわけである。このことからも、師左千夫との関わりが、文明にとっていかに深く、強いものであったかが、如実に知られるのである。

参考文献

土屋文明著『伊藤左千夫』（昭和三十七年七月、白玉書房刊）
荒川法勝著『伊藤左千夫の生涯』（昭和四十八年七月、日貿出版社刊）
大井恵夫著『土屋文明―その故郷と歌―』昭和四十八年十一月、喚乎堂刊）
橋本徳壽著『土屋文明私稿』（昭和五十年十二月、古川書房刊）
近藤芳美著『土屋文明』〈短歌シリーズ・人と作品〉（昭和五十五年十二月、桜楓社刊）
土屋文明著『羊歯の芽』（昭和五十九年三月、筑摩書房刊）
小市巳世司編『土屋文明書簡集』（平成十三年三月、石川書房刊）
内田宜人著『土屋文明―その昭和史の風景―』（平成二十一年七月、績文堂出版刊）

第II節　足利から信州へ

一　土屋文明・テル子夫妻と足利

i　同郷のテル子と文明

長じて、アララギの歌人土屋文明夫人となる塚越テル子は、明治二十一年（一八八八）八月十三日、群馬県群馬郡上郊《かみさと》村大字保渡田《ほどた》（現在、高崎市保渡田）の素封家に生れ、地元の尋常小学校四年を卒業すると、直ちに上京、女子学院に入学して、全寮制の学校で勉学に励むことになる。この女子学院は、明治三年（一八七〇）創立の、わが国最古のミッションスクールで、キリスト教による特殊な教育方針により十年間の一貫教育を行い、生徒の日常の言語生活も一切英語のみであったという。しかし、テル子は思うところあって、同学院の専攻科には進まず、女子英学塾（現在の津田塾大学）の英語科に進学、寮生活による勉学に励み、明治四十五年（一九一二）三月、同校を卒業。女子英学塾の斡旋により、大正二年（一九一三）七月三十一日、栃木県足利郡立足利高等女学校教諭心得（英語担当）として就職、熱心な英語教師の道を歩み始める。その折のことを後年回想して、「足利を憶ふ」との題下に、次のように歌に詠じていることも既述したところである。

渡良瀬《わたらせ》の船橋渡りわれ行きき教職につく期待いだきて　（『槐《えんじゅ》の花』）

ちなみに、『槐の花』はテル子の生涯唯一の個人歌集で、昭和五十一年（一九七六）十二月、白玉書房刊、時にテル子八十八歳であった。同歌集には、文明の簡単な「後記」が添えられているが、それによると、娘たちの発案による編集・刊行であったという。

前述のごとくテル子が高等女学校の教員として足利に赴任した後、まだ一高の学生であった文明は帰省した折などに、足利の方向を望む郷里の山に登り、「吾が恋ふる人」（初出では、後述のように「吾が恋人の」）と称するテル子への思いを歌に託し、「山上相聞」「春宵相聞」と題する相聞歌の何首かを詠作していた。

ところで、これらの歌を収める文明の第一歌集の『ふゆくさ』は、大正十四年（一九二五）二月の刊で、すでにテル子との結婚から七年も経った後のことである。とはいえ、テル子は、文明の自分に寄せるこうした熱い思いを、『ふゆくさ』刊行後にはじめてつぶさに知ったというわけではあるまい。

というのは、これらの歌の何首かは、詠作時に「アララギ」誌上に発表されていたからである。例えば、「山上相聞」のうちの「久方のうすき光に」の歌は、同誌大正二年（一九一三）十月号（第六巻第十号）の「りんどうの実」と題する十六首のうちに収められているし、「山の上は秋と」と「西方の峡ひらけて」の歌は、同誌大正三年（一九一四）新年号（第七巻第一号）に掲載されている（ただし、歌句には若干の相違があり、「吾が恋ふる人」は「吾が恋人の」となっている）。また、「春宵相聞」の二首は、同誌大正五年（一九一六）四月号（第九巻第四号）の「白楊花」と題する八首のなかに収められている（ただし、「わがこころづま」が「吾がかくしづま」とされている）。これらの歌が「アララギ」誌上に発表されたのは、いずれも文明が大学生時代、テル子が教職に就き、足利在住時代のことである。

歌誌「アララギ」をテル子が見ていたかどうかは明らかでないが、あるいは直接、間接に目にし、文明の意中を察知する可能性はあったかと思われる。文明自身、テル子の目に触れることを意識し、あるいは期待しての出詠であったのかもしれない。

ところで、文明とテル子は、大正三年（一九一四）三月、文明の長野県立諏訪高等女学校赴任に先立ち結婚したのだが、前述のごとく早くから互いに意識するところがあって、それが背景とはなっているものの、直接的な働きかけとなったのは、文明の高崎中学時代の恩師・村上成之による仲介であった。村上は文明とテル子双方の意中を知って、直談判のかたちで、塚越家に申し入れをしたものであるらしい。はじめ塚越家は両家の家格の違いなどから難色を示したらしいが、文明の意向を背景とした村上の熱意が実り、結婚を承諾するに至ったという経緯が推測される。

文明の上京から始まって、結婚の仲介という村上から受けた恩義には、テル子も後々まで感謝の気持ちを抱き続けていたことが知られる。ずっと後年のことに属するが、比較的早く没した村上成之の墓所に文明とともに詣でた際の歌として、「村上成之先生のみ墓」と題する歌があり、

君ありて今日の夫ありわが幸のありとしぞ思ふみ墓に立ちて　（『槐の花』）

と詠じ、深い感謝と報恩の思いを捧げている、このこともすでに触れた。

ii　足利から諏訪・松本へ

結婚したテル子は、足利高等女学校の教職を辞して、文明の諏訪高等女学校赴任に伴い、大

正七年（一九一八）四月、信州・諏訪に移住する。二十歳代後半の五年の日々を過ごした足利を去るに当たって、感慨少なからぬものがあったと想像されるが、とくにその胸中は披瀝されていない。あるのは、すでに掲げた歌集『槐の花』に「足利を憶ふ」と題して詠じた六首ほどの歌だけであるが、そこには教員として、足利の地の文化・伝統・行事のなかに、五年間身を置いたことの懐旧の思いが込められている。

諏訪高女の教頭として赴任し、二年足らずで校長に昇格した文明は、諏訪在任四年にして松本高等女学校長に栄転、諏訪から松本に移住する。

文明一家の松本在住は、結果として短く、二年で終わるのであるが、この間に、長男、長女の二児に恵まれる。大正十一年（一九二二）七月、長男夏実《なつみ》誕生、続いて翌年九月、長女草子《かやこ》誕生。かくてテル子は、二児の母となった。したがってこの時期は、文明一家の充実期に相当するのであるが、周囲の状況はけっして順調ではなかった。文明の教育方針や行動が、いわゆる進歩的・革新的であったがゆえであろう。批判からさらには非難へと広がり、ついには排斥へとエスカレートする仕儀となるのであった。

「県庁所在地の長野よりも、経済的には強いといわれた土地であり、思想的にも、諏訪よりむしろ進んでいる一面もあった」（文明『羊歯の芽』）はずの松本で遭遇した意外なことの成り行きに、文明は困惑するほかなかった。事前の内示もなく不意に、新年度になってから発令された木曽中学校長への転属を拒否し、職のあてなどないままに上京することとなるのである。松本高女校長から木曽中学校長への発令は、県当局は女学校から中学校への移動であるから栄転だと称したというが、明らかな、しかも抜き打ちの左遷であった。文明は、その時の憤怒の思いを、歌集『ふゆくさ』に「松本を去る」と題して詠じていることも既述のとおりである。テル子はこの折のことを直接歌に詠んではいない。が、二児を得た松本在住時代は、のちのち懐かしく思い出されるのである。後年、ある時には懐旧の思いを抱いて松本の地を訪れてもいる。『槐の花』の「浅間温泉」と題する五首があり、そのなかに、

汝が生れしこの町に親娘三人来ぬいで湯の音をききつつ眠る
汝が生れし家を見しむと記憶ある菓子店のかどまがり来りぬ
桑畑の中なる家と思ひしに家立ち並び見分けがたしも

また、「松本旧居」と題する五首には、

門の柱も昔のままにて窓の見ゆわが幼児の初めて立ちし窓
花を作り瓜を作りし庭の畑人住めば入りて見ることもなし

幼等のために山羊飼ひ朝夕に乳をしぼりし若き日思ふ
事多かりしこの家の二年子等のためただに忙しき我なりしかな
雪の山鈴蘭の咲く近き山日に日に見つつ行く時なかりき

などとあり、懐旧の思いしきりである。「事多かりしこの家の二年」というなかに、さまざまのこと、さまざまな思いが込められているのであろう。が、育児に追われる母としての忙しさが先に立つ。が、それも無理からぬことである。今は時の経過のなかで、それらすべてを含み込むのは、切なる懐旧の念なのであろう。

iii　再び足利へ

松本における夫・文明の予期せぬ左遷、それの拒否という一大事に遭遇したテル子は、情況の理解と決断はすこぶる早かったという。上京するという文明に、あなたは東京で自分一人の生活を確保してください、と言い、自分は母校の女子英学塾（津田塾大学）に就職の斡旋を依頼、偶然空席のあった元の職場の足利高女に職を得て、二人の幼子を連れて、再び足利へ赴いた。テル子が諏訪・松本にいた六年の間に足利高女は、足利郡立から栃木県立に移管しており、テル子の身分もこのたびは心得ではなしに教諭であった。お手伝いさんの助けはあったものの、幼児二人（この年、長男夏実は二歳、長女草子は一歳）を抱えての教員生活は大変であったはずである。しかし、このこともテル子は歌に詠んでいない。そればかりか、再びの足利生活そのものを歌に詠じてはいない。

上京した文明は、高校・大学時代の友人らを頼って、大学予科あたりの非常勤講師を探して、どうにか糊口をしのいでいた。休暇には足利を訪ね、束の間の家族との団欒を味わったようだ。『ふゆくさ』の後記には、その浄書を足利でしたことも記されている（大正十四年一月十日追記）。足利を訪ね、気になるのは子らのことである。とくに、虚弱な長男・夏実のことが心配であった。『ふゆくさ』の「子を守る」と題する五首には、そのことが詠じられている。

旱《ひでり》つづく朝の曇《くもり》よ病める児を伴ひていづ鶏卵《たまご》もとめに
おとろへて歩まぬ吾子《あこ》を抱《いだ》きあげ今ひらくらむ蓮の花見す
幼児《をさなご》は懶《ものう》げにねころべり狭き家《いへ》ぬちに暑さこもれば
桵《たら》の花ほろほろと散る山陰《やまかげ》に臭木虫《きさぎむし》さがす弱き児がため

その子らのためにも、より住みよい環境が望まれるが、今すぐにはいかんともしがたい。

ひるすぎの暑さは迫るこの三月《みつき》三度《みたび》うつりてなほせまき家　（同）

同じ『ふゆくさ』の「小俣鶏足寺に詣づ」と題する十二首も、多くが足利を訪れた折のわが子らの様子を詠じたものである。

児《こ》の病《やまひ》やうやくよしと涼しげの午後をえらびていでて来にけり
かわききりて白き砂道幼児《をさなご》が少しあゆむを妻とよろこぶ
手をひろげはげまして待てどおとろへし吾児《あこ》は尻据《しりす》ゑて歩み来らず
旱《ひでり》つづく田のかけ水の水たまり鰌《どぜう》追ふ吾《われ》を児《こ》はうれしがる
底の沙うごくがみえて湧く水を手にすくひ上げ幼児《をさなご》にのます

「妻とよろこぶ」と点描されるだけの妻テル子であるが、一緒のことが多かったはずである。『ふゆくさ』には、さらに「十一月二十日児夏実を伴ひ両崖山に登る」十二首があり、わが子のことが活き活きと詠出されている。

をさな児がもぐ山すげの実は小《ちさ》く落葉の下にまろび落つるよ

すげの実の碧《あを》きをはなたずもてあそぶ幼児《をさなご》はすわるぬれし道の上
のぼり来て暖かき山の日溜《ひだま》りに負《お》ひし子おきて汗をふくかも
落ち散れる樫《かし》の実拾ふと立ち居《ゐ》する夏実《なつみ》のいまはすこやかげなる
鼻をよせ口をゆがむる汝《な》がくせの幼《をさな》きにしては淋しきものを
離れ住みて時たま来るにあまゆる児抱《こいだ》きてやれば居ねむりにけり
子は子とて生くべかるらししかすがに遊べるみればあはれなりけり

とくに、「離れ住みて」、「子は子とて」などには、情況とともに、親としての心情躍如たるものが窺える。

さらに、第二歌集『往還集』の「足利法楽寺山」と題する七首にも、

児《こ》と坐りネーブル蜜柑食ひ居ればいで遊ぶ人われのみにあらず
きさらぎの榾《こむら》おのづと芽ぐみ来て子をつれし人の幾人《いくたり》も居る
きさらぎや山もなごめり子をつれて事多かりし去年《きょねん》を思ふ

等々、足利での子らを連れての散策・行楽の模様が詠出されていて、足利と東京に離れ住む親

子の交流に、文明がいかに腐心していたかが見て取れる。
こうして、たびたび足利を訪れる文明であったが、訪れることのできない時もあった。

休暇となり帰らずに居る下宿部屋思はぬところに夕影《ゆふかげ》のさす　（『往還集』「冬日閑居」）
冬至すぎてのびし日脚にもあらざらむ畳の上になじむしずかさ　（同）

所用あって、一人東京に残った時のことであろう。「閑居」などとはいうが、孤独をかこちつつ、思いは足利の妻子のもとに馳せていたはずである。このころの文明の不如意の有様も、断片的ながら詠出されている。

離れゐて安き父にもあらざりき時間教師のかけもちにして　（『青南後集』「白雲一日」）
まとまりし職なく二年なるに東京市は特別所得税といふを課しぬ　（『六月風』「日常吟」）
土屋文明を採用せぬは専門なきためまた喧嘩ばやきためとも言ひ居るらし　（同）

「時間教師」の歌は、不如意なわが現況を表出しているし、また、「採用せぬは」の歌は自嘲的でさえある。事実文明は、出身が哲学科の心理学専攻ということで、とくに学問上の専門分野がなく、大学等の予科では、一般教育の倫理学・哲学等を講じていたらしい。国文学、それも万葉集研究の専門家と認められるのは、ずっと後年、昭和二十八年（一九五三）五月、芸術院賞受賞となる『萬葉集私注』（その第一巻刊行は、昭和二十四年五月のこと）の業績が世に認められてからのことである。

ⅳ　テル子、足利をあとに東京移住

文明は、上掲の歌に、「時間教師のかけもち」と詠んでいるように、主として時間教師、いまいう非常勤講師を職としていた。

医学校に時間教師の十年あまり今に交はる歌作る三人　（『続々青南集』「十里木越え」）

との詠歌もあるように、法政大学予科、日本医科大学予科（さらには、明治大学専門部、帝国女子専門学校、青山女子学院）等で非常勤講師を務めていた。明治大学文学部に専任の教授として就任するのは、さらに後年（昭和二十七年四月）のことである。

こうした生活不安定のなかで、文明はいろいろ工面して、東京・田端に借家を探し、妻子を足利から呼び寄せるのである。大正十四年（一九二五）十月のことであった。足利のテル子は後任の決定を待って、教職を辞し、二児を連れて上京する。再度の足利高等女学校での教職生活は、在職一年半で終止符が打たれることとなった。これにより、テル子の足利在住は、前後通算六年半ということとなる。テル子は、とくに感慨らしきことは何も詠じていないが、幼児二人を抱えての教職生活は、いかに大変であったかが想像される。

文明のほうは、テル子に苦労をかけたこの一年半のことを、後々までも深い悔恨の思いで振り返っている。『青南後集』の「白雲一日」と題する歌々が、そのことを物語っている。ずっと後年、昭和五十年（一九七五）五月、八十五歳になる文明が三女の静子同伴で足利の地を訪れた折のことと見られる。

一人出でて行くに堪へざる老となり伴ふ者はかの時未生
家に伏すその母に何を伝へむか残れるものは残りてあるなり

静子は一家が東京移住後の生まれであるから「かの時未生」というわけである。「その母」テル子も同行を欲したのかもしれないが、体調をくずし横臥していたらしい。この足利訪問時の文明の感懐は痛切というに近い。

家なく食なき時に幼二人携へて妻の此処に住みき
母が出でて働く時に幼二人此の庭歩む土にまみれて
この狭き町に三度の家移り辛じて過ぐ二年足らず
ほしいままに職を捨て幼きを養はず悔いて言ふとも五十年前

こうしたなかでも格別悲痛さを伴うのは、長男・夏実に寄せる思いである。夏実は自分が生まれた地の（旧制）松本高校理科を選んで進学し、千葉医大（旧制）を出て、医学者の道を歩むのであるが、京都府衛生部長の職にある時、五十一歳の若さで病死してしまう。その死の悲しみは文明・テル子夫妻とも悲痛に詠出している。文明は、長男のこの若い死の遠因を、面倒を見ること少なく過ごした足利時代に形成された虚弱体質にあると考え、後々に至るまで、ほぞを噛む思いを持ち続けている。さきの『青南後集』の「白雲一日」のなかである。

ひ弱く生れ来し汝をここに置き病むこと多く生ひたたしめき
わけなしに恐れしことも忘れがたし日に日に弱き汝が生ひ先を
食はすべきものもつつましく母が手の一つによりて幼き日すぎぬ
幼くして一生の体質定まると思はざるにもあらざりしものを

夏実の死を悼み悲しむ歌のなかでも、

貧は我を病は汝をそだてきと思ふ病に汝は倒れぬ　（同集「時々雑詠」）

とも詠じ、悔恨の思いは深い。

「ほしいままに職を捨て」とは言うものの、遠い日の悔恨ではあるが、あの時の選択が間違いであったと思ったわけではあるまい。いかんともしがたかったわれとわが家族の人生行路であったのである。群馬県立土屋文明記念文学館所蔵の文明の〈自筆履歴書〉には、「大正十三年三月三十一日　長野県木曽中学校長」「同年四月三十日　依願退職」とあり、木曽に赴任し、在職一ヶ月で退職したこととなっているが、事実ではない。県当局の公式上の措置に従った、履歴操作であろう。あの時、左遷に対する憤怒を抑え、木曽に赴任し、教職を続けていたならば、テル子の再びの足利への赴任などなかったことは自明である。幼児二人も親の保護のもとに過ごせたであろう。後年、とくに長男夏実の早い死に遭遇した時、ふとそのようなことを思ったであろう。「ほしいままに職を捨て幼きを養はず」というのは、五十年もの後年における、後悔であると同時に慨嘆でもあったであろう。

関連することであるが、文明・テル子夫妻は、二人で後年木曽の地を訪れていることが、『続青南集』の「木曽路にて」から知られる。文明が依頼された講演または講話などに出向いた際のことらしい。

往きかへり形変れる雲の下つひにのぼらぬいただきの見ゆ
木曽の宿のしほでのみどり年長き思出こめていま箸にあり
山川の清きこの谷に住まざりし過ぎゆきも淡々老のふたりに
雨流るる坂のぼり来て学校の門うつす妻を立ちて見てゐる

「山川の清き」の歌に、今では老いの身となった夫妻二人にとって、遠い日のことではあるが、直接的感慨が詠出されている。「つひにのぼらぬ」、「年長き思出こめて」にも、そのことに関する間接的な感慨が込められていよう。妻が写真に収めているのは、当然に元の木曽中学校の校門であるに違いない。

他に、『往還集』に「木曽の花祭り」、「木曽伊那」などの詠歌があるので、「木曽路にて」とするこの時が、はじめての木曽訪問ではないようであるが、夫妻揃ってこの地を訪れたのはたぶん初めてであったのであろう。それが二人を遠い過去の、あの時期の追想に誘い込んだものと思われる。

　上述のように、テル子にとっての前後六年半の足利は、格別の思いを残した土地である。文明にとっても、格別の意味をもつ土地であり、歳月であったはずである。したがって、反省や悔恨を伴いながらも、けっして忌み嫌う土地であったわけではなかろう。

　したがって、『青南後集』の「白雲一日」のなかの、

　この山に残る親しさあるならず二年足らぬ折々の行き
　親も子も此の町をかへり見るなかりけり乏しく苦しき時を忘れず

なども、けっして足利の地への疎ましさなどを言うのではあるまい。むしろ、「親しさあるならず」、「かへり見るなかりけり」は、反語的・逆接的表現と読み取っておくべきかと思われる。

付　テル子の教え子・福田みゑのこと

　足利に関係あることとして、足利高女におけるテル子の教え子であった福田みゑのことに言及しておくこととする。福田みゑは群馬の出身で、足利高女に在学し、テル子に教えられ、卒業後も恩師のテル子を慕い、深いつながりを持っていた人物である。東京・青山の文明宅にも

出入りし、文明からも気にいられ、一時は文明の『萬葉集』に関する著述の補助作業を務めたこともあり、娘たちを含めて、家族みんなと親しく交流した。アララギにも入会し、作歌にも親しみ、後に『福田みゑ歌集』(昭和二十年七月、群馬アララギ会刊)が刊行されている。また、文検(文部省教員検定試験)を経て、郷里吾妻郡原町の吾妻高等女学校の教員を十数年務めている。

東京への空襲が激しくなってきた昭和十九年、地方に疎開せざるを得なくなった文明一家は、みゑの配慮でその郷里の群馬・吾妻郡中之条町の沢渡《さわたり》温泉に身を寄せることとし、蔵書の一部を送り込むなど準備を進めていたのであるが、その九月に、元来病弱でもあったみゑは病死してしまう。四十三歳であった。さらには翌二十年四月、山火事の引火から、みゑの家を含む沢渡温泉全体が焼失してしまう。疎開の行き場のなくなった文明一家であるが、その年(昭和二十年)五月の東京大空襲により、青山の自宅の全焼に見舞われ、移住を余儀なくさせられる。そこで、亡きみゑの父・新井信示の世話により、同月末に群馬県吾妻郡原町大字川戸の大川正宅に疎開し、終戦後の昭和二十六年(一九五一)十一月までの、六年余の長きにわたる滞在となるのであった。

なお、みゑは新井家から出て、母方の実家の福田家を継いだために、福田姓となっていた。また、疎開のために自宅の一部を提供してくれた大川正は、みゑの父で町長も務めた新井信示と懇意の人で、原町の現町長であった。

文明・テル子ともに、福田みゐに寄せる深々とした哀傷・追懐の歌を詠じている。そこからおのずと、それぞれの関わりが窺い知られる。まず、テル子の『槐の花』は、巻頭に「福田みゐさんを悼む」を置き、

遠くありて君を悲しむ真面目なりし少女の頃の影に立つかも
おとなしき良き生徒君と匂ひ立つ若葉の山もともにゆきにき
渡良瀬の川瀬の音の絶えなくに真處女の君永久に思はむ

と、足利高女時代、みゐとともにあった日々を追懐し、続いて「川戸疎開」として、

去年の春より君は疎開を勧めくれき君なき後に我等来りぬ
わがうから君が老父に恃み住む君なき後の君がふるさと
つつましく君があり経し山川に向ふも悲しあした夕べに

と、追悼の深い思いを詠じている。さらに、歌集のすこし先に、「澤渡温泉に漸くバス通じた

れば五月二十五日夫とともに福田みゐさんの墓参をなす」との長い題を付した七首がある。

叔母君のみ墓にならびつつましき君が墓標を漸く見出でぬ
竹筒にきぞの雨水たまりたれば折りてさすかも咲く野の花を
すかんぽときんぽうげ折り手むけたり一生《ひとよ》つつましかりし君がみ墓に
われらがため家あけて待ちし君も逝きその家も焼けて四とせすぎたり
焼跡に芽ばえしものを見つつ思ふ四とせをここに住むべかりしを
君逝きて久しき時にわれら来つ有笠山の若葉する日に
人は逝きむなしきあとにわれら来て残れる温泉《いでゆ》浴みてかへるも

「つつましき君」、「つつましかりし君」にみゐの人柄の特徴が捉えられている。「われらがため家あけて待ちし君」には、いまさらながらの、厚意への謝意を示す。さらにまた、巻末ちかくにある「福田みゐ歌集の復刻によせて」と題する五首のうちから引く。

処女にて清しき一生過ぎて遺す君の短歌は二百七十七首
少女の時わが良き生徒後にはわが娘等の良き友なりき

君ありてわが家族六年とにかくに川戸村の疎開生活なりき

短い生涯であったが、独身で過ごしたみゐのすがすがしさが追懐され、わが一家との縁の深さに思いを馳せ、改めて感謝と追慕の気持ちを披瀝している。

一方、文明の詠歌は、『山下水』の「追憶　福田みゐさん三周忌の為」と題する、次の七首である。

君のなき君がふる里に一年《ひととせ》をすぎつつ稀々《まれまれ》に君をいひいづ
一つ松立てる坂をも幾度《いくたび》かこえて出で入り君が町になれぬ
吾がために夕べの酒をさがさむと坂をゆきにき老人《おいびと》さびてき
沢渡の蛇野の村の知る家に君がゆきしも吾が卵得むため
かりそめに吾の言ひたる避難所に家あけて吾等待ちにしものを
思ひ出づる皆淡々し火に焼けし吾が本に覆《おほひ》して固苦《かたくる》しき題字あり
草の露と清《すが》しき君がため娘等はあつむ仙翁《せんをう》の鮭色《さけいろ》の花

いずれも深い心がこもっている。誠実にして親身に、わが一家に尽くしてくれたみゐに呈する、慨嘆にも似た哀悼と追憶の歌である。

さらに、『自流泉』にも「福田みゑ墓」と題する五首がある。そのなかから三首を引く。

汗あえて吾等はのぼる目じるしの森も林も焼けし火の跡

すかんぽに交《まじ》へ手向《たむ》くるきんぽうげあはれ清《すが》しき一生《ひとよ》なりしを

死にすれば人のあらざるすらだにも青草の丘のかなしびとなる

これらの歌も、さきと同様、妻や娘らと揃って墓参した折の感慨であろう。ここでもやはり、みゑの「清《すが》しき一生《ひとよ》」に焦点を置いての追懐となっている。

かくして、以上のこれらをもって、惜しまれる福田みゑの在りし日々が彷彿として偲ばれる。そして足利が、こうしてテル子ひとりにとどまらず、文明一家にも長くかかわりをもったことが知られるのである。

参考文献

大井恵夫著『土屋文明―その故郷と歌―』（昭和四十八年十一月、嗅呼堂刊）
米田利昭著『土屋文明と徳田白楊』（昭和五十九年七月、勁草書房刊）

吉田漱著『土屋文明私記』（昭和六十二年五月、六法出版社刊）
岸田隆著『「槐の花」と文明短歌』（昭和六十二年九月、短歌新聞社刊）
松葉直助著『比企の丘―夏実・テル子・文明とその周辺の人々』（平成元年十一月、沖積舎刊）
内田宜人著『土屋文明―その昭和史の風景』（平成二十一年七月、績文堂出版刊）

二　土屋文明の信州六年

――諏訪そして松本――

i　上州から上京、やがて信州へ

牧舎を営む歌人・伊藤左千夫を頼って上京した文明は、そこで文学修行を始めるが、左千夫の慧眼に導かれて、一高に進み、左千夫亡き後、東京帝大を卒業する。それらの経緯については、すでに述べてきた。そして、やがて縁あって信州に赴任するのであるが、ここでは改めて文明と信州とのかかわりにスポットをあててみたい。

諏訪高女赴任から二年足らずの大正九年一月、文明は三十歳で校長となる。校長三村安治の県視学への栄転にあたり、同校長の推挽で後任校長となったのである。文明は風変わりな一面をもつ教員であったようだが、次第に熱心な教育者となっていった模様である。いっそ教頭とか、ましてや校長などではなく、一介の青年教師であったほうが持ち味をもっと発揮できたのではないかとも思われるが、確固とした学歴が文明を押し上げていった結果である。その当時、諏訪湖畔をステッキをついて悠然と散歩する青年校長・文明の姿が見られたという。

　諏訪高女での文明は、管理職の傍ら英語を担当し、きびしい教え方で生徒に接したが、その若々しい熱意と厳格さは、生徒たちに良い印象を与えたようである。文明はまた、生徒に力をつけること、教科の内容を高めることを極力推進したが、勉強は学校でし、家庭では家事を手伝わせるという質実主義を推奨したという。さらに、諏訪湖一周や霧ヶ峰などへの月例遠足、冬は結氷した諏訪湖での全校下駄スケートなどを奨励・実践して質実面の教育に力を注いだそうである。一方、外に向かっては教育への不当な干渉に抗しながら、内に向かっては教師ひとりひとりの個性を尊重して自由に勉強させ、研究会や合評会を奨励したという。当時の女生徒たちは、自由と質実の雰囲気のなかで、手織り木綿のかすりの着物に袴をはき、鞄を肩にかけ、白い鼻緒の下駄で登校し、気候のよい時季には廊下も校庭もはだしでとびまわる質朴さがあったそうである。

　ずっと後年の詠であるが、諏訪の教師時代を心から懐かしんでいる歌がある。

　吾《わ》が老《おい》を驚く君等《きみら》誰《たれ》も誰《たれ》も二十年《はたとせ》にして相《あひ》みたるかも　（『少安集』）

かたらふに幼面《をさなおも》わののこりたる君等《きみら》ま少女《をとめ》の日に吾《われ》かへるべし　（同）
あひ共にありし三年《みとせ》のいつの日か柳の絮《わた》のいたくとびにき　（同）

「三月十三日、上諏訪同級会」と題する、昭和十四年の歌である。あれから二十年、当時の女学生の少女たちも「幼面わ」を残しながらも三十代後半の中年女性となっている。文明は「吾かへるべし」、「あひ共にありし」と、その日に思いを馳せ、懐かしさに浸っている。文明が教師として生徒たちに親身に接していた、その当時が髣髴とされる。

ii　「伊藤千代子のことぞ悲しき」

しかし何と言っても、諏訪時代に関する絶唱は、「某日某学園にて」と題して詠まれる次の一連の歌である。

語《かた》らへば眼《まなこ》かがやく処女等《をとめら》に思ひいづ諏訪女学校にありし頃のこと　（『六月風』）
まをとめのただ素直《すなほ》にて行きにしを囚《とら》へられ獄《ごく》に死にき五年《いつとせ》がほどに　（同）
高き世をただめざす少女等《をとめら》ここに見れば伊藤千代子《いとうちよこ》がことぞかなしき　（同）

伊藤千代子は、諏訪湖南の湖南村真志野《こなみ》（現、諏訪市湖南）の農家に生まれ、やがて諏訪高女に進学し、在学中抜群の成績で主席を通して卒業し、諏訪市立高島小学校の代用教員を二年間務めた後、東京女子大英語科に入学。大学では、不公平な世の中を改善したいとの意志から、社会科学研究会に属し、熱心に活動するうちに、治安維持法違反で逮捕・拘留され、秘密裡に結婚していた夫の転向などのショックもあって、二十三歳の若さで獄中で病死（昭和四年九月二十四日）した女性である。

文明が千代子に関するこの歌を発表したのは昭和十年十一月「アララギ」誌上である。千代子の目指した方向を「清き世」「高き世」と間接的ながらうたい上げるところに真骨頂があり、文明もまた心ひそかに理想としていた方向が窺える。千代子の哀切な死から六年も経過している時期であるが、恐るべき治安維持法下のこと（大正十四年公布の同法は、昭和十六年全面改正され強化。この歌を収める歌集『六月風』の発行は昭和十七年五月）。文明の信念の強さが窺える。

しかし文明自身はのちのち、

気力なきわが利己心《りこしん》はいつよりかささやかにしのび身を守り来《こ》し　（『山谷集』）
人よりも忍《しの》ぶをただに頼《たの》みとすわが生《よ》ぞさびし子と歩《あゆ》みつつ　（同）
おそれつつ世にありしかば思ひきり争《あらそ》ひたりしはただ妻とのみ　（同）

と詠んでいるように、自分から行動にでることはもとよりなかった。それゆえに忸怩たる思いがあったはずである。

この一連の歌は、文明が東京女子大に講演に行き、それが終わったあとの茶話会の席上、出身者の一人ということで伊藤千代子のことが話題となり、それが契機となっての詠である。

東栄蔵の著書『伊藤千代子の死』（昭和五十四年、未来社）に関連して当時『信濃毎日新聞』にコラム「今日の視角」を担当・執筆していた、岡谷の産んだ逸材飯島宗一（広島大・名古屋大学長歴任、病理学者）は、「伊藤千代子のことなど」と題する文章を発表（同紙、昭和五十八年八月二日）、「悲劇のなかに二十三歳の一生を閉じた」伊藤千代子のことに言及し、「それから五十年あまりの時間が流れた。夭折した人の特権として、伊藤千代子は今もみずみずしく、永遠に清潔である」と、感動的な表現で閉め括っていることが、いま改めて想起される。

わずか四年にすぎなかったものの、この諏訪女学校時代のことは、のちのち懐旧の念をもってしばしば回想されていて、文明の百年の人生のなかで、実に大きな位置を占めている。

iii　諏訪から松本へ

さて文明は、諏訪高女勤務四年にして、大正十一年（一九二二）三月、松本高等女学校長に転じる。いわば栄転である。前校長三村県視学の推輓であった。ここでも文明は、理想の教育を目指し、実践に移していく。しかし、文明の独自の教育理念は地域に理解されず、評判は芳しくなかった。たとえば、数学の時間を裁縫に回してあったのを規定どおりにもどしたことなどが父兄の不満を呼び、新校長の教育方針批判（女子教育の軽視など）に発展していき、文明校長を取り巻く状況は悪化の一途をたどる。「県庁所在地の長野よりも、経済的には強いといわれた土地であり、思想的にも、諏訪よりむしろ進んでいる一面もあった」（土屋文明『羊歯の芽』）はずの松本で、このような展開となったのは文明にとっても意外なことであった。

松本高女校長二年にして、大正十三年四月、新年度に入ってから、内示などがないまま突如、新設間もない木曽中学校長への転任の辞令が出される。県は、女学校より中学校のほうが上位であるから抜擢だといったそうであるが、明かに左遷である。これに反発した文明は、木曽に向かうと見せて、辞職届を懐にして上京してしまう。

したがって、松本の生活は二年で終止符を打つこととなるが、この間には、前述のごとく長男夏実《なつみ》、長女草子《かやこ》が生まれている。また、大正七年（一九一八）以来松本在住で、松本女子師範学校教諭・付属小学校主事であった西尾実宅の近くに住み、親交を深めたようである。

木曽左遷を忌避して上京しようとする文明を慰留させるべく、西尾実は県の内務部長を引っ張り出して、篠ノ井辺から文明の乗っている信越線の汽車に乗り込ませ、車中で文明を慰留させたという。「辞表を撤回して下さいませんか」と言う部長に、文明は「それはできません」と応じ、また部長が「あなたは少しエキセントリックだと言う者もあるが」と言うと、文明は「今の学務課の人たちから見たら、そうでしょう。しかし、それがわたしの取得《とりえ》です」と答え、部長の重ねての慰留の言葉には「わたしは、教師として教室で倒れるまでやることができないで、学務課の俗僚などに勝手に位置を動かされては、このまま教育を続けるわけにはいかなくなりました」と応じたという。すると内務部長は自分の隣に座っている西尾のほうに顔を向けて、「西尾さん、これでは、とても引き止めるわけにはゆきません」と言い、上田辺から長野に戻ったそうである。西尾は文明を途中下車させて戸倉温泉に誘い、信濃教育会関係の友人四、五人を誘って、文明との惜別の一夜を過ごしたという。これは後年になって西尾が語っていることから知られるのである（安良岡康作著『西尾実の生涯と学問』平成十四年、三元社[注]）。

西尾実と文明の交流は以後も続き、文明が大正十五年に島木赤彦・西尾実の後を継いで第四代の「信濃教育」編集主任になったのも、島木赤彦の恩顧はもとより、西尾の推輓のあったことは想像に難くない。この後、大正十四年に西尾が信州から一家あげて上京するに際しては、文明に借家の斡旋を依頼し、文明は一高以来の友人の芥川龍之介に相談して田端に家を探してくれたという。

こうして諏訪四年、松本二年の、文明にとっての信州六年は終わりを告げるのである。が、この信州六年は文明の生涯に大きな存在となって、のちのち懐かしく回想されることは前述のとおりである。さらに、次のような歌もある。「松本にて」と題する二首（昭和四十二年「アララギ」七月号）である。

眉氷《まゆこほ》るあしたの道をともにせし処女等《をとめら》のかがやく頬《ほほ》を忘れず　（『続々青南集』）

野を越えてよろこぶ少女等《をとめら》の長き列その春秋《はるあき》の幾度《いくたび》なりし　（同）

教師であった自分を回顧し、その時の生徒たちを慈愛込めて懐旧していて、教師としての文明の姿、躍如たるものが窺える。「野を越えて」の歌は、春秋の遠足を詠んだものであるが、文明は「遠足の同行は、私に六年間の教師生活中の最も楽しいものに、思い出される」（『羊歯の芽』）と書いているほどである。

さて、こうして信州を去り、上京した文明は、しばらく手薄になっていた作歌に再び集中し、やがて歌誌「アララギ」の編集・発行をしつつ新風を開くとともに、万葉集研究に独自の実績を積んでいくようになる。

ⅳ　上京、その後

さきに記した、車中での県学務部長の慰留の際に、「東京へ行って仕事がありますか」との部長の問いかけに、文明は「ありません。これから東京へ行って、口を探すのです」と答え、さらに「立派な行き先を作っておいてやめるようなあなたたちとは違います」と応じたという。事実、仕事のあてはなかったのである。しかし、今回の辞職で決断が早く、理解の深かったのは妻のテル子であったという。母校女子英学塾（津田塾大）にすぐに連絡を取り、偶然欠員のあった前の勤務先足利高女への斡旋を受け、夫には、「あなたは東京で自分の下宿代だけ稼いで下さい」と言い、二人の幼児を伴い足利に赴任する。テル子は足利で、お手伝いさんの応援を得て、二人の子の面倒をみながら教職に復帰したのである。

一人東京に出た文明は、法政大学予科、東京医大予科の非常勤講師等をして糊口をしのぐ。ずっと後年（昭和五十年七月）に、「白雲一日」と題して次のように詠じている。

家なく食なき時に幼二人《をさなふたり》携《たづさ》へて妻の此処《ここ》に住みにき　（『青南後集』）
母が出《い》でて働く時に幼二人《をさなふたり》此《こ》の庭歩《にはあゆ》む土にまみれて　（同）
離《はな》れゐて安《やす》き父にもあらざりき時間教師のかけ持ちにして　（同）

ほしいままに職を捨て幼《をさな》きを養はず悔《く》いて言ふとも五十年前　　（同）

後年、足利の地を訪れた時の歌である。妻テル子に対する申し訳なさとともに悔恨の情が含まれている。

なお文明は、信州から上京した翌々年の大正十五年から昭和四年までの五年間、『信濃教育』の第四代編集主任を務めた。昭和五年に岩波書店から刊行した第二歌集『往還集』は、この年月を記念した歌を収めるもので、「往還」とは東京と信州の間を往復したことの意である。

やがて文明は、東京での生活のめどを付け、足利から妻子を呼び寄せ、一家で田端に住むようになる。翌大正十四年のことである。テル子は、後任の決定を待って教職を辞し、上京した。その後、次女うめ子、三女静子が生まれたりもする。文明は、明治大学専門部、同予科、帝国女子専門学校、青山女子学院などの講師を務めるのだが、依然、身分は不安定であったようである。ようやく明治大学文学部教授として専任職に付くのは、ずっと後年、昭和二十七年のことで、すでに六十一歳になっていた。この職は七十歳の定年まで勤めた。その間、歌誌「アララギ」を主宰し、編集・発行の仕事を続ける一方、万葉集の研究を継続する。やがてこれは、『萬葉集私注』全二十巻として結実していく（完結は、昭和三十一年六月、筑摩書房刊）。

そうしたなか次第に世に認められて、文明は輝かしい栄光の道を歩むこととなる。宮中歌会始選者（昭和二十八年、六十一歳、以後数年続く）、『萬葉集私注』により芸術院賞受賞（同年）、芸術院会員（昭和三十七年）、宮中歌会始召人（昭和三十八年）、文化功労者（昭和五十九年）、文化勲章受章（昭和六十一年）と、晴れがましい道を昇りつめていく。文化勲章受章時、九十六歳。歴代受賞者中の最高齢者であった。宮中での受賞式に車椅子で臨む老齢の文明の姿がテレビで放映された。

しかしながら、このような光栄に満ちた晩年のなかで、文明の胸中はいかばかりであったのか。達成感のある充足の境地などではけっしてなかったのではないかと思われる。「気力なきわが利己心」、「わが生ぞさびし」の思いのある、依然として忸怩たる念を断ち切ることはできなかったのではなかろうか、と推測される。

そうした晩年のなか、昭和五十七年四月、妻テル子の死に遭遇する。かつてはあの「わがこころづま」であり、「吾が恋ふる人」と熱き思いを寄せ、相聞歌に詠じたこともあった人の死を迎えたのである。

馬肉十五銭《せん》買ふを奢《おご》りに妻と二人寒き信濃の六年すごしき　（『青南集』）

などとも詠んだ、その妻の死である。享年九十三歳であった。歌集『青南後集』（昭和五十九年七月、石川書房）は、他節でも説いたように、妻テル子の挽歌集の趣きがある。重複するが、そのうちの何首かを挙げておく。

比企《ひき》の山の若葉の頃と談《かた》りつつつひに伴ふ時待たざりき　（「比企の岡を」）
年々《としどし》の喜びとせし庭のわらびただ一度《いちど》見て又つまざりき　（「槐《ゑんじゅ》の一樹」）
我が声に応《こた》へをとつひも浴《あ》みたりき独《ひと》り湯浴《ゆあ》みて恙《つつが》なかりき　（「束の間の前後」）
黒髪《くろかみ》の少しまじりて白髪《はくはつ》のなびくが上《うへ》に永久《とは》のしづまり　（同）
終りなき時に入らむに束の間の後前《あとさき》ありやありてかなしむ　（同）
そのあけを少し濃くせ頬《ほほ》くつろぐ老を越え来し若き日を見む　（同）
さまざまの七十年すごし今は見る最もうつくしき汝《なれ》を柩《ひつぎ》に　（同）

と、切々と詠う。若葉の頃に比企の岡の分譲墓地を一緒に見に行こうと約束していたことも果たせぬままの死別となったのである。一昨日も夫文明の声に応えながら、変わりなく入浴した妻なのである。哀惜の念には深いものがある。とくに、「束の間の前後」と題する数首の歌は、痛切をきわめたまさに絶唱である。ここに文明の「七十年」の妻に寄せる思いが凝縮され、そして彼の人間性が滲み出ている。その後も「亡き者を心に」と題する四十首もの追慕詠が尽きることなく詠み続けられている。栄誉の反面で、こうした悲痛の最晩年を過ごした文明は、その八年後の平成元年十二月、肺炎及び心不全により百歳の生涯を閉じるのである。戒名は「孤峰寂明信士」、簡素そのものである。妻テル子の眠る比企の岡の墓地に葬られた。

土屋文明の百歳の生涯のうち、信州にかかわったのは、みてきたように、わずか六年だけであった。が、その六年は文明にとっていかにも重く、忘れ難い歳月であったのである。

注

ただし、群馬県立土屋文明記念文学館所蔵の文明自筆の「履歴書」には、「大正十三年三月三十一日　長野県木曽中学校長、同年四月三十日　依願退職」とある。公式面ではこのように処理されたのであろう。

参考文献

土屋文明自選『土屋文明歌集』（昭和五十九年三月、岩波書店（岩波文庫）刊）
小市巳世司編『土屋文明全歌集』（平成五年三月、石川書房刊）
近藤芳美著『土屋文明』（昭和三十六年五月、桜楓社刊）
米田利昭著『土屋文明　短歌の近代』（昭和四十一年二月、勁草書房刊）
大井恵夫著『土屋文明　その故郷と歌』（昭和四十八年十一月、煥乎堂刊）

第Ⅱ節　足利から信州へ　96

小市巳世司編『土屋文明百首』（平成二年七月、短歌新聞社刊）

松葉直助著『比企の岡―夏實・テル子・文明とその周辺の人々』（平成二年十月、沖積舎刊）

土屋文明記念文学館編『歌人土屋文明―ひとすじの道―』（平成八年六月、塙書房（塙新書）刊）

東栄蔵著『伊藤千代子の死』（昭和五十四年十月、未来社刊）

飯島宗一「文明先生と信州」『学窓雑記Ⅲ』（平成四年五月、信濃毎日新聞社刊）（初出は、『信濃毎日新聞』平成二年十二月八日「今日の視角」）

第三節　「清き世」「高き世」

一　土屋文明の志向するところと『韮菁集《かいせいしゅう》』

――「清き世」「高き世」に心寄せて――

i　「某日某学園にて」

土屋文明は、歌集『六月風《ろくがつかぜ》』（昭和十七年五月、創元社）に「某日某学園にて」と題して、次の六首の歌を掲げている。前節に重なるが、再び挙げておく。

語らへば眼かがやく処女等《をとめら》に思ひいづ諏訪女学校にありし頃のこと
清き世をこひねがひつつひたすらなる処女等の中に今日はもの言ふ
芝生あり林あり白き校舎あり清き世ねがふ少女《をとめ》あれこそ
まをとめのただ素直《すなほ》にて行きにしを囚《とら》へられ獄に死にき五年《いつとせ》がほどに

こころざしつつたふれし少女よ新しき光の中におきておもはむ
高き世をただめざす少女等ここに見れば伊藤千代子がことぞかなしき[1]

この六首の初出は、「アララギ」昭和十年十一月号である。ちなみに、「別府松原公園にて徳田白楊を思ふ」と題する、

若き君が手術《しゆじゆつ》の創《きず》のくさるまで命《いのち》生きつつ歌よみきとふ

等、四首を巻頭に配するこの歌集『六月風』は、昭和十七年五月二十日初版発行[2]の僅か五ケ月後の十月末に二版が二千部発行（奥付による）されていて、好評であったことが窺い知られる。

さて、「某日某学園にて」は、文明の多くの歌集と数々の歌のなかにあって、まことに特異な部面を見せている。「清き世」「高き世」をめざす眼前の少女たちを讃えつつも、一連六首が「伊藤千代子がことぞかなしき」に収斂されていることは明白である。伊藤千代子は、土屋文明が長野県諏訪高等女学校教頭・校長時代の、いわゆる教え子である。諏訪湖南の農家に生まれた千代子は、必ずしも恵まれた境遇ではなかったが、諏訪高女に進学、在学中抜群の成績で首席をとおし、卒業時には総代として文明校長から卒業証書を授与されるほどであった（文明

は卒業式の一ヶ月ほど前に、松本高等女学校長に栄転しているため、直接の授与はなかった)。卒業後、進学した東京女子大で社会科学研究会に所属し、熱心に活動するうちに、治安維持法違反で逮捕・拘禁され、ついに獄中で病死、二十三歳の若い生涯を閉じた。

この「某日某学園にて」の連作六首は、文明が招かれて東京女子大学に出向き、近代短歌の講話をした折、あとの茶話会の席上、出身者の一人として伊藤千代子のことが話題となり、それを契機として詠まれたものであるという。したがって、「某学園」とは東京女子大のことであり、「語らへば眼かがやく処女等」、「清き世をこひねがひつつひたすらなる処女等」、「清き世ねがふ少女」、「高き世をただめざす少女等」とは、いずれも文明の講話を聞いている眼前の女子大生のことである。また、「芝生・林・白き校舎」は、いずれも同女子大のキャンパス風景である。ちなみに「某日」とは昭和十年十月のある日であった。

まなこ輝かせて聴講する少女らに触発されて、諏訪女学校に教員としてあった頃のこと、そして伊藤千代子のことに思いは直結していき、「新しき光の中におきて」とはいいつつも、悲しくみつめるほかない思いが、ほとばしるがごとくに詠出されたのである。不条理にして苛酷な時代の犠牲となった、うら若い教え子に寄せて思いを深める、文明の凝縮された精神がここに見て取れる。

「新しき光の中に」とあることから、時代的な桎梏《しっこく》が解かれた戦後のことかと、一瞬錯覚しがちであるが、さにあらず。時は稀代の悪法たる治安維持法下のこと。前記のごとく、この歌を「アララギ」誌上に発表したのは昭和十年十一月、それを収めた歌集『六月風』の刊行は同十七年五月のことであった。大正十四年公布の同法は、昭和十六年に全面改正され、一層の強化が図られていた。その時代状況を考えると、文明の信念の堅固さと、時代に対する抵抗精神の並々でなかったことが知られる。だが、よくみると、慎重に配慮して詠まれていることに気づく。つまり、上述のように、「清き世をこひねが（ふ）…処女等」「清き世ねがふ少女」「高き世をただめざす少女等」は、いずれも聴衆として眼前にある女子大生のことであり、伊藤千代子のことではない。伊藤千代子のことは、第五首目で「こころざしつつたふれし少女」と形容するのみである。伊藤千代子が「こころざし」た方向が、「清き世」であり「高き世」であったと文明が位置づけていたことは明瞭であるものの、それを直接的には表現せずに、感情移入させつつ、周到に間接的な表現をとっている。そこに時代的な慎重さが窺われるのである。

「槻の木の丘の上なるわが四年幾百人か育ちゆきにけむ」（『自流泉』）との詠もあるように、文明にとって、「槻の木の丘の上なる」諏訪高女での教員生活は、後々まで忘れ難い、懐旧の念断ち難い四年間であった。後年、

野を越えてよろこぶ少女等の長き列その春秋の幾度なりし　（『続々青南集』）

眉氷るあしたの道をともにせし処女等のかがやく頬を忘れず　（同）

と詠まれるなかにも、伊藤千代子の姿があったはずである。

さらに関連して、歌集『自流泉』に、「諏訪少女」と題する、上掲の「槻の木の」の歌と並んで次のような一連の歌がある。詠歌事情は必ずしも明らかでないものの、これらも伊藤千代子にかかわる詠歌とみてあやまりあるまい。

われ老いてさらばふ時に告げ来る諏訪の少女《をとめ》のきよき一生《ひとよ》を

書き残し死にゆきし人の数十首思ひきや跣足《はだし》にて遊びし中の一人ぞ

湖《みづうみ》の光る五月のまぼろしに立ち来むとして恋《こほ》しなつかし

処女《をとめ》なりし君をほのかに思ひいづ淡々しくわりんのその紅《くれなゐ》も

こうして無限の懐かしさをもって諏訪高女教員時代を反芻しつつ、その中心に「きよき一生」と位置づける伊藤千代子への愛惜の思いが込められているのである。

ii　父文明の志向と長男夏実

文明が「清き世」「高き世」と称え、心ひそかにめざす方向は、明らかに社会主義・マルクス主義が志向する理念である。であればこそ、伊藤千代子の思想と行動に共感を寄せ、「ただ素直にて行きにし」、「こころざしつつたふれし」と肯定的に位置づけ、その短かった若き生を「きよき一生」と愛惜の念をもって讃えるのである。とはいえ、伊藤千代子が文明の指導や示唆によって、そのような方向に進んだとはいえない。文明の生き方や教育的理念が、何ほどか当時の生徒らに影響を与えたではあろうが、いわゆる偏向教育を施したわけではあるまい。文明にしてみれば、教員として、また妻子のある家庭をもつ身として、志向はしてもそちらに踏み出すことなど、到底無理な現実のなかにあった。これも前述したように後年の詠であるが、嘆息にも似た次のような歌にその間の心境が窺われる。

気力なきわが利己心はいつよりかささやかにしのび身を守り来し　（『山谷集』）
人よりも忍ぶをただに頼みとすわが生《よ》ぞさびし子と歩みつつ　（同）
心よわき少年《せうねん》の日よりみづからを守り来りしことをぞ思ふ　（『六月風』）
おそれつつ世にありしかば思ひきり争《あらそ》ひたりしはただ妻とのみ　（同）

自分から行動に移すことなど、もとよりなく、現実に縛られてきた自分を顧みるとき、忸怩たる思いを禁じ得なかったものとみえる。「気力なきわが利己心」、「人よりも忍ぶをただに頼みとす」、「みづからを守り来りしこと」、「おそれつつ世にありし」などと表現するところには、忸怩たる思いを越えて、自嘲の口吻さえ感取されよう。それだけに、「ひたすらなる」、「ただ素直にて」、「ただめざす」と表現される、純真無垢な少女のうえに寄せる、深い羨望の思いがあったのであろう。

その一方、松本時代の文明は社会主義者のレッテルが張られて、風評にさらされ始めていたらしい。そのことを指摘するのは、太田行蔵『人間土屋文明論』（昭和四十年三月、短歌新聞社刊）である。それによると、文明は松本を去ることとなる年の二月十一日、紀元節の訓話で、神武天皇の功業を讃えながらも、日本の今日あるは国民一人一人の力であることを強調したという。それを捉えて、地元の小新聞の記者などは、暗に社会主義者だと評していたらしい。また、そうした非難は県庁筋にも届いていたらしい。この小新聞は文明の排斥に一役買っているが、左遷による結果的な排斥の憂き目に至った背景に、こうした思想批判があったものと察せられる。

上掲『人間土屋文明論』の著者は、「（当時、社会主義者といわれることは、）現在共産主義者と呼ばれるよりも何倍も危険であり、損であった」と解説する。「おそれつつ世にあり」、「人よりも忍ぶをただに頼みとす」る文明であったが、日頃の信念とするところの言動がそうした風評を、おのずと醸成させていたものとみえる。人の世の習いであると同時に、避け難い時代的現実であったといえようか。

文明の松本時代の大正十一年七月に生まれた長男夏実《なつみ》は、長じて旧制松本高校理科から千葉医大（現・千葉大医学部）に進み、医学の道をめざすのだが、その書架にはトルストイ全集や藤村全集が並んでいるほどの文学青年であった一方、マルクス主義に心惹かれ、学生運動からさらに社会運動に身を投じる正義感の持主であったようだ。かつての学友たちによって、夏実没後の追悼文集において、「（駅前の）広場へ蝟集する、若い民主勢力の頂上、そこにいつの間にか土屋がたっていた[3]」、「千葉で赤旗をかついでいるうちに病気になって入院した」、「反戦民主は土屋終生の信念として結実してゆく[4]」等々と、その活動ぶりが回想されている。

夏実も父に倣って歌を詠んだが、そのなかに、

中共地区に行きたる夢を想出で山鳩鳴けば安らかならず　（「ケノクニ」）
相共にみじめに糊によごれつつ青年共産同盟のビラを張りにき　（同）

などの歌があり、信念とするところとその活動ぶりが窺われる。

また、歌集『山下水』の小市巳世司執筆の解説によると、夏実が父の疎開地に帰省した昭和二十一年の年末、父は息子を誘って山の開墾畑を見せ、遠く苗場山の見える場所に腰を下ろし、父子は日本の将来を語り合った。夏実は胸中に形成されつつある思想を父に告げたものとみえる。[5] その折の文明の詠歌が歌集に見える。

時代ことなる父と子なれば枯山に腰下ろし向ふ一つ山脈《やまなみ》に　（『山下水』）

己一人のみに足り居れぬ心なら如何なる考方も我うべなはむ　（同）

父は息子の成長と新しい時代の到来に感慨を催したことであろう。「一つ山脈」と表現するめざす方向の一致を心に思いつつ、文明は新しい時代に生きる若者であるわが子の生き方を受け入れ、形成されつつある思想をゆるやかに肯定している。上掲「解説」は、「私はこの二人の上にそうした父子の在り方を或る感動を以て折に触れて見て来たように記憶する」[6]とも記していて、身近な人の証言として、たいへん貴重である。

夏実はこの後、肺結核で千葉療養所に入院、手術・療養を経て、国立愛知療養所医官（昭和二十九年）、山梨県富士吉田保健所長（昭和三十三年）、厚生省防疫課課長補佐（昭和三十八年）、京都市衛生研究所次長（昭和四十二年）を歴任後、蜷川府知事から懇請され、京都府衛生部長に就任（昭和四十八年四月）、知事の期待に応えて、衛生行政の面から革新府政を強力に支える一方、府知事選挙の折には全力投球で、支援活動に尽力したという。

しかし、衛生部長就任から僅か一年余にして、昭和四十九六月十一日、五十一歳で病没、回盲部の癌であった。惜しまれて余りある若い死であるが、活躍の最後の舞台が革新自治体の象徴的存在であった蜷川府知事のもとであったのは、夏実の生涯を特徴づけるものであったといってよいのではあるまいか。まさに「反戦民主は土屋終生の信念として結実してゆく」（前掲『でるです』）との評は正鵠を得ている。父文明は、時代の異なることもあって、その志向するところを表面には出さなかったものの、めざすところは同じであったのだから、この父にしてこの子、といった感が深い。

父文明は、夏実の死の非情な現実に直面して、

苦しみ来し者には平安あらせじと八十すぎて今年このこと　（『青南後集』）
貧は我を病は汝を育てきと思ふ病に汝は倒れぬ　（同）
松のある小さき家も行き見むに汝なしといへば立ちすくむかな　（同）
栗をめでまつたけめでつつ此の夕べ老の二人の眼は涙なり　（同）

と、悔いを伴う悲しみを表出するほかなかった。また母テル子も、諦め切れない悲嘆の思いを、次のように詠出している。

五十年定命を生きて逝きにしをいまだ少年の如く悲しむ　（『槐の花』）
心つくし力つくし活きし五十年清々しとも一人慰む　（同）
死は意外に静かなものとその妻に言ひのこしたり医として生きて　（同）

「長男夏実逝く」と題する十三首のうちの三首である。嗚咽の声が聞こえてくるような歌である。

iii　『韮菁集』の性格

文明は、ある時の歌会で、農地改革で農地を失ったことを嘆く歌をめぐって議論があった折、かなり大きな声で「…でもねえ君、農地改革はやらなきゃいけなかったんだよ、ほんとは山林解放までやるべきだったんだね」と述べたという[7]。上来みてきたことと合わせ考えると、文明の志向するところは明確であったのである。が、時に仲間内には、こうして声高に主張することがあっても、表立って行動に移すことはなかった。それが、前掲のように「気力なきわが利己心」、「人よりも忍ぶをただに頼みとす」、「おそれつつ世にありしかば」と、忸怩たる思いとなって嗟嘆するゆえんでもあった。しかし一方、新しい世に生きることとなった長男夏実は、前節に辿ってきたごとくに、そうした生き方の父文明から信念を読み取り、みごとに受け継いだのであった。

かくして、文明の〈信念〉と志向するところは、ほぼ明確になったものの、そのことと、戦時下の中国戦線視察の旅行詠である『韮菁集《かいせいしゅう》』とのかかわりを、どうしてもみておかねばなるまい。

刊行されている『韮菁集』には二種あって、一つは昭和二十年三月青磁社刊のもの（以下、「青磁社版」という）と、もう一つは昭和二十一年七月札幌青磁社刊のもの（以下、「札幌青磁社版」という）であり、ともに文庫版の小冊子である。前者には「後記」があるが、後者にはそれがない。また、収録歌数に違いがあって、前者が六百四十七首であるのに対して、後者は百首少ない五百四十七首である。

この『韮菁集』は、文明が昭和十九年七月から十二月まで五ケ月間にわたって経験した中国戦線の視察旅行を通じて詠んだ歌の集である。前記の青磁社版「後記」には、「私が陸軍省報道部臨時囑託として宣伝資料蒐集の為、支那各地に出張を命ぜられた旅行中の詠作を取纏めたものである」と記しているが、実際の経緯は、出版社の改造社[8]を介して要請を受けた斎藤茂吉からの勧めで、文明が承諾して実現したものであった。[9]　加藤楸邨と石川信雄が同行した。さらに「後記」は続けて、「陸軍省報道部、殊に当時の部員秋山中佐の絶大なる庇護により実現」したこと、「在支軍報道部及び各機関より、懇切なる指導と便宜を受けたこと」、「東亜交通公社華北支社からは、旅行の実施に就いて、実に行き届いた御世話を受けた」こと等を感謝の念をもって記している。勅任官待遇で、時に軍服に軍刀を帯びたいでたちであったという。また「後記」には、「短歌によって大陸の一端なりとも伝へるといふことは、決して容易のことではないと思ふが、私は幸に右の好き好遇の下に、見るべき所々は見るを得て、自分としては力限りの努力を払ったのであるが、なほ及ばぬ点の多いのはただ慚愧の外ない」とも記していて、与えられた使命をしかと認識し、戦争遂行という国策に沿うよう精一杯の努力をしたことが了解されるのである。

戦時下のいわゆる国策に協力するという点に関して文明は、すでに内閣情報局と大政翼賛会主導の文学団体である日本文学報国会に属し、理事及び短歌部会幹事長を務めた。その短歌部会は『愛国百人一首』を選定しているほか、大政翼賛会文化部は『愛国詩歌集』（昭和十七年三月十日、目黒書店刊）を編集・発行している。同詩歌集の「大東亜戦争短歌抄」のなかに、文明の次の二首もみえる。

雷の迅さ海を渡れる皇軍はや敵の戦艦撃ち沈めたり
此の国の恵に生《な》りて吾等あり垣とも立ちて永遠に護らむ

二首目の歌は、歌集『少安集』（「日本讃歌」と題する七首のうち）に収められている。

こうして逃れ難い時代的な現実のなかで、文明はやや積極的な動きを示していることが分かるのであるが、中国旅行もこの同一線上に置いて理解すべきものかと思われる。ただし中国旅行は、文明の旅行好きが作用したことと、ある種の好奇心が働いたものとみられる。ある種の好奇心とは、万葉歌人山上憶良のあと・古都長安を訪れてみたいという関心があったほかに、前記「後記」に「見るべき所々は見るを得て」と言い、それ以上の表だった言及はしていないものの、報じられている「戦局」を自らの眼で確かめてみたいとの意欲、ないしは関心であったのではなかろうか。文明の信頼する弟子の一人の近藤芳美が戦後明らかにしているところによると、中国旅行から帰った文明は、「中国はきっと共産党の国になる。それ以外には救われないだろう」と、ひそかに近藤に告げたという。[10] 文明の見てきたのは、日本軍が確保しているのは中国大陸のわずかな都市と鉄道沿線に過ぎず、その周囲では中国共産軍の不屈な抗戦が続けられている中国の現状であった。たしかに文明は、「見るべき所々は見るを得て」心に感じ取ってきたことが知られる。

ところで文明は、中国から次の五首の歌稿を送り、『朝日新聞』に掲載されている。[11]

北支軍最高指揮官　岡村大将

　　　　　　　　　　土屋文明

盛《さかり》なる槐《ゑにし》の花に雨ふりて甘き香《か》は雨の中よりきこゆ

乾ききり触るるもの皆熱かりき慈雨《じう》といふ詞をぞ今知る

手に受けて雨を喜ぶ童子《どうじ》見ればこの民に慈父《じふ》の最高指令官あり

進み入る軍用列車に頬すりつけ向かへし民を語りたまはく

己《おのれ》から治むる民をいつくしみ眼《まな》ざし寛《ゆた》に乱れざらしむ

これらの五首は、そのまま『韮菁集』（青磁社版）に収められている。ただし、札幌青磁社版では、「北支軍最高指揮官　岡村大将」の題を削除のうえ、「北京雑詠」のなかに「盛りなる」と「乾ききり」の二首を残し、「進み入る」と「己から」の二首を削り、さらに「手に受けて」の歌を「熱気たつ衢《ちまた》にあそぶ童子《どうじ》等の降り来る雨を諸手《もろて》して受く」を改作して残している。[12]

ここに一例を見るように文明の戦争遂行という時局に協力する歌は、もとより皆無ではない。それは「陸軍省報道部臨時囑託」としての公務であり、負うている義務でもあった。それにしても、『韮菁集』には、戦争賛美の歌、ないし戦場の様子を美化した歌はきわめて少ない。この点、当局は期待はずれであったのではあるまいか。むしろそれとは反対に、中国の民衆に向けた親愛の気持ち、とくに「新しき」時代の「若き」世代に寄せる期待や評価を詠んだ歌が目立つ。その一部を掲出しておく。

若き夫婦臭き中《なか》に立ち美しき畫舫《ぐわばう》の上にその子を愛す　（北京雑詠）
白絹《しらぎぬ》に緋《ひ》の糸《いと》刺《さ》せる鞋《くつ》並べば吾が家《や》の三人《みたり》の少女等《をとめら》思ほゆ　（同）
そに鳥の青色《あをいろ》 衣《ごろも》自転車にて少女《をとめ》は来る新しき時代　（同）
少女等の歩幅《ほはば》大きく来るなり新しき代《よ》の一片《ひとひら》ごろも　（同）
工場に働く中国の少女等《をとめら》は新しき教養あり君に親しむ　（同）
利己《りこ》のみの民といふなかれ此《か》くまでに力を集め国士《こくど》を守る　（蒙彊行）
すばやく藁をかへして虫をとる少年白皙《はくせき》の 面《おもて》よごれたり　（同）
垢づける面にかがやく目の光民族の聡明《そうめい》を少年に見る　（同）
吾が示すえんまこほろぎ早く捕へ草になげうつ笑みも愛らし　（同）
若き代《よ》はここにもありて髪直《す》ぐに目見《まみ》高くして秋の日を行く　（八月上旬　厚和滝留）
纏足の母をとりまくよき娘ひそひそと向日葵《ひまはり》食ひ居るを見つ　（同）

こうしてみると、新しい時代のなかの若い人々を発見して、親愛の思いをもって期待を寄せている歌がいかに多いかに気づく。「文明の作品にはこのような日本人たち、中国人たちの姿が人間的共感と共に繰返し歌われている。『韮菁集』は単なる旅行詠の歌集ではない」[13]と説かれるゆえんである。この点、さらに田保愛明は言及を深めて、『韮菁集』における文明の歌は、万葉研究を通じて得た中国の古い文化に対する尊敬と感謝の心を背景にして、当時一般になされていた中国蔑視の偏見からまぬがれて、中国の民衆とその生活に深い共感を寄せていること、とくに下層の人々に対して温かいまなざしを忘れない、そして汚いものをそのことによって嫌悪しない、むしろそこから美しいものを見いだしていることを指摘し、的確に説いている。[14]

文明の日頃信じる方向に照らして『韮菁集』をこうして見る時、「清き世」「高き世」をめざす理念は健在であったことが認められるのである。その理念が、いささかも揺らぐことはなかったとは言えないものの、さすがの文明にしても時代・時局の煽りを受けずにはいられなかった現実のなかで、その振幅《ぶれ》はきわめて少なかった、と評してよいかと思う。

iv　札幌青磁社版『韮菁集』の意味

上述のこととかかわり、さらに検討の目を向けておくべきは、二種の『韮菁集』の差異と、その意味するところであろう。

ところで、長年熱心に『韮菁集』の実地調査を含む研究を続けている札幌在住の人たちがいる。その中心的存在の叶楯夫には『中国の土屋文明―『韮菁集』日乗』（平成十五年十二月、北方書林刊）の著述があり、もう一人の田保愛明には、前掲の『韮菁集紀行―一九九二年の中国―』（平成十七年七月、北方書林刊）の著述がある。この二著が明かにしているところによると、『韮菁集』の二種の刊行には次のような経緯があったという。

> （文明）先生の歌は『短歌研究』に陸続と出、それが五百何首かある。昭和二十年三月にまとめて『韮青集』として出そうとした。それが第一回の物で昭和二十年三月十九日に後書を書いている。所が印刷製本が出来上る頃になって日本が負けた。終戦のあとに出ることとなった。敗戦下の日本としては、このままでは憚りが出来たわけで、本は出来たが世の中へは現われずじまいであった。
>
> これは青磁社の発行。つまりＧＨＱの検閲が通らないので初版は世の中に出なかったのです。戦争の歌を削ったものが札幌青磁社から二十一年七月五日に出た。これが普通世に出てゐる初版だ。それと全く同じ物が東京の青磁社から少しあとに出た。[15]

つまり、昭和二十年三月二十九日の「後記」のある版（青磁社版）は、印刷製本されたものの、世の中には出なかった。そして、戦争にかかわる歌百首を削った版が、戦後の昭和二十一年七月五日に札幌青磁社から刊行になったというのである。したがって、最初予定した六四七首の本から百首を削って五四七首としたのは、ひとえにＧＨＱの検閲を配慮した措置であったのであり、戦後の世の中を意識して戦争詠を削除したのではなかったのである。

また前者に付けられていた、陸軍省の厚い配慮への感謝の言葉を連ねる「後記」が、後者からはずされたこと等も、いずれも戦後の世の中を意識してのことではなく、専らＧＨＱの検閲を逃れるための所為であったことと察知されてくるのである。

こうしたところからも、文明は、戦時中は時局に巧みに同調の姿勢を示し、活躍しておきながら、戦後は逸速く平和主義者のごとくに振る舞うような人士の類ではけっしてなかったことも明らかになってこよう。文明は、戦前・戦中を通じて、時局を賛美して詠じることはきわめて少なかった。また、ことさら時局を批判した歌も詠じてはいない。じっと時の動きを静観していた趣である。それは一面では、さきに引用した「気力なきわが利己心」、「人よりも忍ぶ」、「おそれつつ世にあり」といった態度から出たことでもあろうが、疎開先で詠じた、

朝よひに真清水《ましみづ》に採《つ》み山に採み養ふ命《いのち》は来む時のため　（『山下水』）

の歌に込められているように、隠忍しつつも、来《きた》るべき時を待ちつつ、その時に備える、というのが文明の生き方であった。であればこそ、戦後、逸速く、

吾が願ふ時来れりといはなくに残れる命なすこともあれや　（同）

と、待つ甲斐あった時の到来を率直に喜び、期待を新たにするのである。

Ⅴ　六四七首から五四七首へ

昭和二十年三月二十九日の「後記」をもつ青磁社版は、前述のように所収歌数六四七首であったが、昭和二十一年七月十五日発行の札幌青磁社版は、所収歌数五四七首で、百首削減されている。このこともこれまでに言及してきたところであるが、文明自身によるこの措置もまた、ＧＨＱの検閲を意識しての自発的所為であったのである。

そこで、ここでは、削除された百首の歌の傾向ならびに様相の一端に触れておくこととする。

青磁社版から削除された歌は、いずれも戦争詠、もしくはそれにかかわる歌である。歌題を挙げると、前掲の「北支軍最高指揮官岡村大将」のほか、「サイパンを憶ふ」がある。

つつしみて黙禱捧ぐかなしみの為のみならず最後の勝利の為
戦場は日に日に近し本土近き戦場は是必勝の時
皇国の必勝を信じ命捧ぐ受けつぐ吾等必勝の信念堅し

など五首であるが、歌題とともに五首とも削除されている。

削除された歌のなかには、次に挙げるような時局讃美・国威発揚の歌もある。いくつかの例を示すと、

遠く来て張りみつる皇軍《みいくさ》ここに見つただ見るのみに涙し流る　（蒙疆行）
奮ひ起ちて行きて国境《こつきよう》を守るもの多く年少《ねんせう》と聞き感動す　（同）
勝負《かちまけ》は一つ二つの島ならず信念《しんねん》あり最後《さいご》の勝利あり　（南京雑歌　大宮島を思ふ）
再び米英侵略《しんりやく》あらしめずふるひ立つべき時は今の時　（同）
英米に勝ちて大東亜文化あり勝つための大東亜文学と言ふ最もよし　（南京雑詠）

などである。その一方で、現地に感じる悲哀の思いを詠じる歌も目立つ。

五台《ごだい》近く山口隆一大尉思ふ君が嘆きも忘らえなくに　（山西河南）
忻口《きんこう》の丘《をか》の遥かになり行くを幾かへり見て思はつきず　（同）
あわただしく過ぐる窓より年を経し戦死のみ標《しるし》に心しむなり　（同）
傷《きず》きてかへりし友をよろこびつつ帰り給はぬみ霊《たま》を思ふ　（同）
昭和十二年十二月十二日と読む下《した》に蓬《よもぎ》にまじる野菊の紫　（南京雨花台戦闘指揮所跡）

のごとくである。そして、その間に、さきに触れた、新しき時代の若き世代に寄せる期待や評価を詠んだ歌の多くがまじるのである。

こうしてみると『韮菁集』は、いわば公と私、建前と本音、換言すれば公務上の詠出と内心の吐露により構成されていることが分かる。その中核をなしているのは、後者つまり「私」「本音」「内心」の表出であり、その比率が断然高い。そして、そこには人間的交流と親愛の情が流露しているのである。かくして『韮菁集』は、特異な歌集でありながらも、文明がはやくから「清き世」「高き世」に心を寄せ、志向してきたところの枠内にあって、大きく逸脱するものではなかったことが確認されるのである。

しかも、考えてみるに、ＧＨＱの検閲を意識して削除したというこの所為の結果は、そのまま戦後の社会に合致する歌集の再生に見事につながったのである。
なお、この中国旅行について、文明は後年、次のように回想して詠出している。

幾度か危き越えし旅なりきあながちに黄河渡りしことも
（『青南後集』「昭和五十四年・栗飯十首」）
愚かとも言はば言ふべし一途心に戦地に行きき戦争知らず
（同）

注

1　歌の引用は、小市巳世司編『土屋文明全歌集』による。以下、同じ。
2　昭和十七年二月二十日の日付の「後記」が付されている。
3　昭和二十二年の二・一ゼネストの時のこと。
4　『でるです―22』第三号（松本高等学校・22回理乙誌―土屋夏実・福元猛寛等故友追悼号）、引用は、松葉直助『比企の岡―夏実・テル子・文明とその周辺の人々』による。
5　歌集『山下水』平成十五年八月、短歌新聞社刊の小市巳世司「解説」による。
6　注5に同じ。
7　引用は、前掲『比企の岡』による。
8　この改造社は、昭和十九年六月、軍部により解散させられた。同様に、その翌月、自発的閉社を命ぜられた中央公論社とともに、「横浜事件」として現在になお尾を引く言論弾圧問題の渦中におかれることとなった総合雑誌の出版社であった。文明の中国詠は、軍部の検閲を経たうえ、改造社発行の『短歌研究』に掲載の予定であったという。

9　『斎藤茂吉全集』第三十一巻（日記三）。『土屋文明論考』（未来短歌会編、昭和五十一年十二月、短歌新聞社刊）の指摘・引用による。

10　近藤芳美著『土屋文明』（シリーズ近代短歌・人と作品1）（昭和三十六年、桜楓社刊）による。

11　『朝日新聞（東京）』昭和十九年八月十六日（水曜日）第四面に掲載。

12　「手に受けて」の歌の改作のことは、小市巳世司編『土屋文明全歌集』改題に指摘されている。

13　田保愛明著『韮菁集紀行―一九九二年の中国―』（平成十七年七月、北方書林刊）

14　田保愛明著『土屋文明と北海道』（平成十五年十二月、北方書林刊）所収「九　戦争詠」「十中国大陸と「韮菁集」」「十一　戦争詠と日本の敗戦」等。

15　前掲『韮菁集紀行―一九九二年の中国―』が引用・紹介する、『韮菁集』の出版に直接携わった樋口賢治の「文明短歌の秘密をさぐる、その四」（「短歌研究」昭和四十一年一月号）による。ただし、札幌青磁社版の発行日は、正しくは上述のごとく昭和二十一年七月十五日である。

二　長男夏実をめぐって

i　文明一家にとっての松本

長野県立諏訪高等女学校校長の土屋文明は、大正十一年（一九二二）三月十四日、同松本高等女学校校長に転任、県庁所在地長野と同等の地への、いわば栄転であった。一家は、市内西町に居住する。その年の七月十八日、長男夏実《なつみ》誕生。続いて、翌十二年九月三日、長女草子《かやこ》誕生。諏訪時代の四年間には得られなかった、待望の子宝に恵まれたのである。このことがまずもって、文明一家にとっての松本での大きな記念すべき事柄である。長男を得た文明は、その子に夏実と命名した。

水減りて石ならび居る夏実川面白くなりて靴にて渉《わた》る　（『往還集』「吉野菜摘村」）
己《おの》が児の名にのらしめし菜摘村《なつみむら》地図と見くらべ人に聞きをり　（同）

などの歌があるものの、長男の名の由来を文明は自ら明らかにしてはいないが、万葉歌の、

吉野なる夏実の川の川よどに鴨ぞ鳴くなる山影にして　（巻三・三七五）

に由来していること間違いなかろう（万葉の表記も「夏実」）。ちなみにこの「夏実」は、宮滝上流の奈良県吉野郡吉野町の菜摘《なつみ》の地をいい、この辺りでは吉野川を「なつみ川」と呼んだという。師と呼ぶ恩人伊藤左千夫が未完で終わった「萬葉集新釋」の補注づくりに端を発して、『萬葉集私注』二十巻へと発展せしめた万葉研究家としての、いかにも文明らしい、わが子への命名といえよう。ちなみに長女草子《かやこ》の名も、万葉では「草」を多くの場合「かや」と訓じていることに由来している。

夏実は自分の名が気に入って、高校時代など折に触れて、友人らに「俺の名前はいいだろう」と得意になって自慢していたという。

ところが、すでに第Ⅱ節に記したように、松本での文明は、教育方針が周囲の理解得られず、

不評を買って、木曽への左遷の憂き目にあい、拒否して松本を自ら去ることとなる。これもすでに引用したところであるが、「実質的には暴力に等しい方法で目の前に崩されるのかと思ふと憤ろしくもあった」、「今蔑むべき暗愚の力にさへ左右されてゐる自分を思へば、自ら嘲りも憐れみもしたかった」(『ふゆくさ』の「巻末雑記」)と記すような状況に置かれ、憤然として上京してしまう。とはいえ、東京で妻子を伴っての生計のあては、まったくなかった。妻テル子の理解と決断で、教職を得た足利に妻子三人を向かわせ、文明自身は東京で旧友たちを頼って、取り敢えず大学予科・専門部等の非常勤講師の職で糊口をしのいだ。文明一家が松本を去る時、長男夏実はまだ一歳八ヶ月、長女草子はわずか七ヶ月であった。その幼児二人を伴ってのテル子の足利での教職生活も、また大変であったことも想像に難くない。

をさな児《ご》はたぬしかるかもいそがしき造《つく》り荷《に》の間《あひ》をめぐり遊べり

(『ふゆくさ』「松本を去る」)

の歌は、松本を去る時の様子を、頑是ない「をさな児」を視野に収めて詠じたものである。一方、テル子はテル子で、

松本人こぞり我等を追ひし時君一人はげまし送り給ひき

（『槐の花』「再び日野忍様を訪問」）

と、四面楚歌であった当時の様子を詠んでいる。日野忍は、

我幼く学びしえにし松本の二年をただ君をたよりき

（同）

と詠じていることから窺えるように、テル子の郷里での小学校の恩師にあたる人であったようだ。

かくして松本は、文明一家にとって、新しい生命の誕生をみた記念すべき地であったとともに、苦い思い出の地となったのである。しかるに後年、夏実は東京府立一中から進学するにあたり、松本高校理科を選んでいる。これは、父文明の奨めであったとも、夏実自身の希望であったとも伝えられているが、明らかではない。推測するにこれは、自分の生まれた土地への一種の郷愁を覚える夏実を中心としての、文明一家の希望であったのではなかろうか。文明にとっては苦さを反芻する土地ではあっても、時の経過のなかでおのずと懐旧の思いも湧いてきたであろう。テル子は後年、夏実没後に、

生れて一年八箇月にして去りし松本高校生としてまた三年住む
（『槐の花』「松本高校同級会誌」）

と詠み、夏実と松本との由縁を振り返っている。そのテル子は、後にも触れるように、松本の地を再三訪ねている。二人の子の母となった地でもあって、当然懐かしい場所であったにちがいない。一家のそうした雰囲気のなかで夏実は、自身の出生の地・松本に、懐かしさと憧れの思いを身に付けて育ってきたのではなかろうか。

ふりかえって見るに、なるほど文明は、あまり松本のこと詠じてはいない。

松本にてわが児の乳を養ひし山羊の毛皮をいまに保てり
（『山谷集』「転居」）

松本のことを思へば葱まきて群立ちたりし快かりき
（同「夏蕨」）

の程度であろうか。一方、テル子には松本を詠じる歌が多くみられる。まず、「松本に日野忍様を訪ふ」五首のうちから二首を引く。

七十八になり給ひしを母のなき孫娘いたはり帰り住み給ふ　（『槐の花』）
淡々と語り給へど亡きみ子等の幼き日知るわれは涙す　（同）

日野忍は、前述のごとく郷里の小学校でのテル子の恩師で、松本在住時代頼りに過ごした人である。「再び日野忍様を訪ふ」五首のなかには、夏実が登場する。

夏実ですと挨拶する子に赤んぼで抱きましたよと笑ひ給ひき　（同「再び日野忍様を訪ふ」）

夏実はこの時（昭和四十五年）、四十六歳、京都市衛生研究所副所長時代のこと、所用あって松本に母と同行したものみえる。この時の歌をもう二首引いておく。

八十八の媼となりて健かににこやかに我等を迎へ給ふも　（同）
遠く住み十年に一度の今日ながら信ある君の強く生くるに逢ふ　（同）

松本の日野忍のもとはもう一度訪ねている。懐かしさもさることながら、恩師であり恩人である人への、心こもった礼儀でもあったろう。「三度日野忍様を訪ふ」六首から二首を引く。

松本にてつづけて産みし乳児二人哺むに古き友君に頼りき　（同）
九十三になります君のすこやかに赤子にて抱かれし草子《かやこ》驚く　（同）

この時、母に同行して訪れた草子は、すでに五十三歳である。やはり松本は、母娘ともに懐旧深い地なのである。
テル子は、三度目の日野忍訪問の前、昭和四十二年にも松本を訪れている。歌集の「浅間温泉」によると、娘二人を伴っている。

汝が生れしこの町に親娘三人来ぬいで湯の音をききつつ眠る　（『槐の花』）
汝が生れし家を見しむと記憶ある菓子店のかどまがり来りぬ　（同）
桑畑の中なる家と思ひしに家立ち並び見分けがたしも　（同）

五首のなかから抜いた。「汝」は歌意からみて、同行の草子《かやこ》を指しているものみえる。娘たちに見せたいというものの、懐旧の思いにかられている母テル子自身の様子が窺える。続いての「松本旧居」に至ると、その様相はいっそう色濃くなる。

門の柱も昔のままにて窓の見ゆわが幼児の初めて立ちし窓　（『槐の花』）
花を造り瓜を作りし庭の畑人住めば入りて見ることもなし　（同）
幼等のために山羊飼ひ朝夕に乳をしぼりし若き日思ふ　（同）
事多かりしこの家の二年子等のためにただに忙しき我なりしかな　（同）
雪の山鈴蘭の咲く近き山日に日に見つつ行く時なかりき　（同）

五首すべてを書き出してみた。昭和四十二年の詠であるから、松本を去ってすでに四十余年が経過している。時にテル子、八十歳。はじめて子の母となった土地、その家、わが子（夏実であろう）がはじめて立ち上がった窓辺、懐かしさは胸に込み上げてくる。幼児らのために山羊を飼い乳を搾ったこと、「事多く」、「ただに忙し」かったことを含めて、再び返ることのない「昔」であり「若き日」のことである。今はみな歳月の経過のなかで深い感慨となって、その度合いを増している。

かくして、文明一家にとって、居住わずか二年、しかも多難の二年であったものの、松本は忘れ難い、懐旧の原点ともいうべき土地であった。

ⅱ　子煩悩の父文明と夏実

松本を去った文明一家は、前述したように、上京して生計のめどを探る文明と、幼児二人を連れて足利に赴き、再び教職に就いたテル子と、二分された生活に入る。文明は、

離れゐて安き父にもあらざりき時間教師のかけ持ちにして　（『青南後集』「白雲一日」）

と、後年回想して詠じているように、友人の世話で得た、法政大学予科、日本医科大学予科などの非常勤講師の掛け持ちをしていた。また、

土屋文明を採用せぬは専門なきためまた喧嘩ばやきためとも言ひ居るらし　（『六月風』「日常吟」）

とも詠じているように、後に『萬葉集私注』の注釈・刊行が進み、その知名度が出てからとは違い、この時点では万葉の研究家とは世に認められていなかった。大学では哲学科（心理学専攻）出身であったため、時間講師としての担当科目は「倫理」「心理学」「哲学」等の、いわゆ

る一般教養科目であった。

文明は一人東京に住み、忙しく動きまわり、しかも落ち着かない「時間教師」の掛け持ち生活のかたわら、気になるのは足利の妻子のことである。時間を見いだしては足利に足を向けていた。なかでも気になっていたのは、虚弱気味の夏実のことであった。前節とも重複するが、何首か引用しておく。

旱《ひでり》つづく朝の曇《くもり》よ病める児《こ》を伴ひていづ鶏卵《たまご》もとめに　『ふゆくさ』「子を守る」

おとろへて歩《あゆ》まぬ吾子《あご》を抱《いだ》きあげ今ひらくらむ蓮《はす》の花見《はなみ》す　（同）

幼児《をさなご》は懶《ものう》げに畳にねころべり狭《せま》き家《いへ》ぬちに暑さこもれば　（同）

桵《たら》の花ほろほろと散る山陰《やまかげ》に臭木虫《くさぎむし》さがす弱き児《ご》がため　（同）

児《こ》の病《やまひ》やうやくよしと涼しげの午後をえらびていでて来にけり　『ふゆくさ』「小俣鶏足寺に詣づ」

かわききりて白き砂道《すなみち》幼児《をさなご》が少しあゆむを妻とよろこぶ　（同）

手をひろげはげまして待てどおとろへし吾児《あご》は尻据《しりす》ゑて歩み来らず　（同）

旱《ひでり》つづく田のかけ水の水たまり鰌《どぜう》追ふ吾《われ》を児《こ》はうれしがる　（同）

底の砂うごくがみえて湧《わ》く水を手にすくひ上げ幼児《をさなご》にのます　（同）

これらの歌は、足利を時々訪れた子煩悩の文明のまなざしが捉えた夏実の様子である。いかに気がかりであったか、それだけに、できるだけ時間を割いて子に接することに、いかに心を砕いていたかが知られる。煩をいとわず掲げれば、足利訪問時のこれらの歌は次のようにまだ続く。

をさな児《ご》がもぐ山すげの実《み》は小《ちさ》く落葉の下《した》にまろび落つるよ
（『ふゆくさ』「十一月二十日児夏実を伴ひ両崖山に登る」）
すげの実の碧《あを》きをはなたずもてあそぶ幼児《をさなご》はすわるぬれし道の上　（同）
のぼり来て暖かき日溜《ひだま》りに負《お》ひし子をおきて汗をふくかも　（同）
落ち散れる樫《かし》の実《み》拾《ひろ》ふと立ち居《ゐ》する夏実《なつみ》はいまはすこやかげなる　（同）
鼻をよせ口をゆがむる汝《な》がくせの幼きにしては淋しきものを　（同）
離れ住みて時たま来るにあまゆる児《こ》抱《いだ》きてやれば居《ゐ》ねむりにけり　（同）
子は子とて生くべかるらししかすがに遊べるみればあはれなりけり　（同）
児《こ》と坐りネーブル蜜柑を食ひ居ればいで遊ぶ人われのみにあらず
（『往還集』「足利法楽寺」）

きさらぎや山もなごめり子をつれて事多かりし去年《きょねん》を思ふ　（同）

わが子の健やかな成長を願いつつ、「離れ住みて時たま来」ては、子の相手に余念のない子煩悩の文明の姿が捉えられる。「事多かりし去年」は、松本を去ることとなった折の回想である。

生計のめどが何とか見通せるようになった文明は、芥川龍之介の世話で東京・田端に借家を得て、妻子を足利から呼び寄せ、一年半ぶりに家族ともどもの日常を取り戻す。やがて、松本在住時代に生まれた長男・長女に次いで、大正十五年（一九二六）二月に次女うめ子が、昭和二年（一九二七）十月に三女静子が、それぞれ誕生、家族はにぎやかさを増す。その後の歌集にみえる、夏実をはじめとする子らを詠じる歌を掲げて、その様相を見ておきたい。

幼かりし吾によく似て泣き虫の吾が児の泣くは見るにいまいまし　（『山谷集』「月島」）

じれて泣きやまぬ児をつれ出し心おさへて大川わたる　（同）

久しき約束を子等と来りたり玉川は春すぎて草立つ　（同「玉川」）

列りて三人の子等が吹き立つる草笛つくる吾はいそがし　（同）

沙利採機木魂うるさき川原に吾が子供等の叫びは徹る　（同）

帰り来て子等が吹きなす草笛は街のとよみの中にさみしき　（同）
避暑客のかへれる海に吾は来て吾が幼子と一日遊べり　（同「鵜原」）
静かなる夜のやどりに気を張りて話す幼子の声はこだます　（同）
物の香のこもれる中に子供等は寝並び居りぬその母親も　（同「夏来る」）
からうじて肺炎いえてかへり来し幼児を見ればヘルニヤ病めり　（同）
家こぞり遊ばむ今日を幼児の一人は病みて母とのこれり　（同「小坪の浜」）
吾が児と行くはこの頃稀なりき汗ばめる手を取りつつぞゆく　（同「月島」）
月島より銀座に歩み来て一皿の西洋料理に子は飽き足れり　（同）

これらにも、文明の子煩悩ぶりがよくみえている。また文明は、昭和十二年八月四日から十四日までの間、朝鮮半島にわたり各地を旅行した際、中学生に成長していた夏実を伴っている。これは、金剛山歌会等への出席を兼ねた旅行で、京城・慶州などを回り、釜山を経て帰国している。なお、この旅行には五味保義が同行している。旅行中に夏実は病んだりしていることが、次の詠歌から知られる。

健やかに一日歩きつ山水《やまみづ》に中《あた》りてはやき下痢にくるしむ　（『六月風』「金剛山数日」）

吾が父子《おやこ》病むをあはれみ山の上の荒き夜ふけを人寝たまはず　（同）
さして来る朝の光に命たもつ吾が子を見ればその母思ほゆ　（同）
さ夜中と澄む天の川松の間《ま》に癒えし吾が子とならび寝るかも　（同）

「健やかに」とあるように、我が子のより健全な成長を願って連れ出した旅行であったはずだったが、気遣いと気苦労の伴う旅でもあったらしい。そうこうしつつも、夏実は確実に成長を遂げていた。

試験準備にくるしむ幼き夏吉を藤の実しげき園につれて来つ　（『山谷集』「吉野園再遊」）
とかげの子の幾匹も幾匹も居るを見つつ夏吉はすぐ足をぶよにくはれぬ　（同）
距離目測の練習しつつ工事中の国道をゆく夏吉と吾と　（同）
幼児はさむさむとふる雨にかへり来りぬ準備教授うけて　（同「時雨」）
朝早く机に向ふ幼児よあかあかと電燈つけて起き出でぬ　（同）
妹等に向かひて話す夏吉がおやぢおやぢはと言ひ居ることあり　（『六月風』「日常吟」）
七合目すぎ夏吉が投げだしし荷《に》をとりあげて吾負《お》ひてゆく　（同「富士登山」）
山の気に寝つかぬ夏実を幾度《いくたび》か外に伴ひて糞《くそ》をひらしむ　（同）

山おろし吹きあてて ゐる吾が足もとに小さくなりて糞《くそ》たるる子よ　（同）

夏実は買ひて来りし本暦《ほんれき》をまくらに置きてねむりたるらむ　（同「ゆづる葉の下」）

幼きものいつしか父を見習ひてまた苦しまむ一生《ひとよ》あるべし　（『少安集』「温海を思ふ」）

雪消《け》なば咲くらむ菫のかの一種汝《いっしゅなれ》をたづさへ再びゆかむ　（同）

子等を連れての行楽・登山、さては時々の子の病などのなかで、子は確実に成長を示している。「夏吉」とたわむれに呼ばれている夏実は、妹ら相手に「おやぢおやぢは」と話している。「本暦」（本暦を一般向きにした略本暦か）に親しむようになってもいる夏実は、もう高校受験に向けての受験準備に入っている。ちなみに夏実は、ここには詠まれていないが、東京府立一中を卒業して、前述のごとく旧制松本高校理科に進むのである。

文明宅が川戸への疎開中のことであるから、夏実はもう高校生である。松本から川戸に帰省した夏実を伴って、近くの山に行き、父子は並んで腰を下ろして、現在のこと、将来のことを語り合ったのであろう。

時代ことなる父と子なれば枯山に腰下ろし向ふ一つ山脈《やまなみ》に　（『山下水』「川戸雑詠十二」）

己一人のみに足り居れぬ心なら如何なる考方も我うべなはむ　（同）

夏実は、すでに自分の考えを内部に形成してきている。父文明は、夏実の行く手にじっと目を凝らしながら、形成されつつある夏実の思想を肯定しようとしている。父子がともに見つめるのは「一つ山脈《やまなみ》」なのである。本節前項に、やや詳しく記したように、夏実は父文明の影響もあって、すでに社会主義の方向に関心を深めていた。この時期、母テル子もまた、

宵早く臥床《ひしど》に入りし父と子の語るをききてわが起きてゐる　（『槐の花』「父と子」）
父母の時代に遂げがたかりし清き世を子はひたすらにこひのめるらし　（同）
残しおきし馬鈴薯掘るといで行きぬ山の上に父と子と語りゐるらむ　（同）

と詠んでいる。父と子の間に交わされている話題に耳を傾け、それに理解を示し、共感をも寄せている。

なお文明は、夏実没後のことであるが、次のようにも詠んでいる。

無神論唯物論の親子にて子は亡く親は老いて漠漠茫茫　（『青南後集』「越のみち」）

iii　千葉大チフス菌事件と夏実

きわめて時事的な事柄に踏み込むこととなるが、「千葉大チフス菌事件」と呼ばれる事件があり、この事件の解明に夏実が深くかかわっているため、夏実の本質の一端を知る重要な事柄として、どうしても取り上げておかねばならない。

この事件は、昭和三十九年（一九六四）から同四十一年（一九六七）にかけて、千葉大学医学部附属病院、及び同大附属三島病院等でチフスや赤痢が集団発生した事件で、調査・捜査の進展により、これは同大医学部附属病院の医局員鈴木充が、同僚医師や看護婦、患者、さらに身内の者たちにチフス菌や赤痢菌を植えつけたバナナやカステラを食べさせるなどして発病させたものであるという結果が明らかにされ、世間を驚かせた。

ところが逮捕・起訴された鈴木被告は、一審の千葉地裁での公判に及んで捜査段階での自白をひるがえして無罪を主張し、裁判は一転、二転し、長期にわたる争いとなり、結局無罪の判決が出るに及んだ。鈴木被告に格別の動機がみられないこと、チフスや赤痢の発生と鈴木被告の行為に結びつく直接の証拠がないことが判決理由とされた。しかし、その後の控訴審で、二審の東京高裁は、第一審の無罪判決を破棄、鈴木被告を有罪として六年の懲役刑を言い渡した。事件発生当時の状況からみて、被告の行為以外に被害者の発病に共通の原因が認められないことから、いわゆる疫学的方法を用いて、起訴事実すべてを鈴木被告の単独行為と認定し、これは被告の異常性格に起因するものと判定したのである。これの控訴を受けた最高裁は、昭和五十七年（一九八二）五月二十五日、二審の東京高裁の判決を全面的に支持する判断を示し、担当裁判官五人全員一致の意見により、鈴木被告の有罪が確定して、ようやくこの事件は十六年の歳月をかけて終結をみた。

夏実のこの事件とのかかわりをみるため、ここに至るまでの夏実の足取りを辿っておく必要があろう。旧制松本高校理科を卒業した夏実は、千葉医科大学（千葉大学医学部の前身）に進み、研究医の道をめざす。ところが、父文明が幼児の頃から心配していた、元来虚弱な夏実は、反戦・民主の学生運動を熱心にし、医大卒業後も政治運動に没頭しているうちに肺結核を発病し、入院・加療の生活を余儀なくさせられる。それをどうにか切り抜けた以後、静岡県阿倍郡の藁科という無医村に診療所を作る計画があることを知った夏実は、その農村活動に全身を投入して活動する。

当時、農村医療は切実な課題であり、情熱を持つ若い医師・医学者らが意欲を傾けるに足る、魅力的な分野として存在した。新しい時代と社会の実現をめざす医学者の夏実にとって、うってつけの仕事であった。ところが、藁科で精魂傾けて働くうちに夏実は、高熱を伴う肺結核を再発し、千葉に戻って入院の憂き目を味わうこととなる。昭和二十四年（一九四九）四月に入院した千葉療養所で、複数回に及ぶ手術により、肋骨七本を除去することとなり、当時出はじめた新薬・ストレプトマイシンの効果、家族や知人らの献身的な配慮・看護によって、何とか病気を克服することができた。その頃のことを詠じた母テル子の歌がある。

六年《むとせ》病み四たび手術を受けし子のすこやかなる見れば人々を思ふ
（『槐の花』「四月二十四日三河幡豆及び佐久島」）

いのち生きし子とたづさへて渡り来し島山路に雨にぬれたり
（同）

六年の病にみとりみとられし若き二人よ今ぞやすけき
（同「国立愛知療養所官舎」）

子を思う母としての安堵の境地が表出されている。夏実はすでに結婚しており、「若き二人」は息子夫婦をいう。そして、夫夏実の病を献身的に看護したその妻への労りの思いも込められている。

どうにか病癒えた夏実は、昭和二十九年（一九五四）一月、病後の療養も兼ねて、国立愛知療養所に医官として赴任する。この時期の歌がテル子によって詠まれている。「国立愛知療養所官舎」と題する四首中から引くが、このなかには、さきに引掲した「六年の病に」の歌も含まれている。

松まじる雑木の中のわが子の家小鳥の声にけさは目ざめぬ　（『槐の花』）
家具のなき家かたづきて新しき畳の上に秋の日は充つ　（同）

〝母としての安堵の境地〟と前述したが、それとともにここには安らぎの思いと、息子の新しい生活への希望と祝福の気持が表されている。一方文明は、昭和三十一年（一九五六）十二月初旬、勤務の傍ら、博士論文の作成に着手しつつ、労働組合の支部長を務めている夏実の勤務先を訪れ、歌会を開き、大変盛況であったという。しかし、残念ながら歌集に詠歌は残されていない。

医官としての実績を収めた夏実は次に、昭和三十三年（一九五八）十一月、富士吉田保健所長に転任。しばらくして夏実は、父母のために山中湖村に家を建てるほどの親孝行ぶりを見せてくれる。この山中湖村は、父文明の大恩人伊藤左千夫の由縁の地でもあった。夏実の配慮はそこまで行き届いていたのである。この山中湖村の家を何度か訪れたテル子は、数度にわたって多くの歌を詠じ残している。それらは引用を省略するが、夏実没後の詠を一首のみ掲げておく。

亡き者が此所に住みしかば我等が為此の山の家作り置きたり　（『槐の花』「長男夏実逝く」）

文明にも「富士吉田の家」と題する五首があり、その時期の詠であろうと思われる。二首のみ引いておく。

うけら立つ藪の隣に家居してわが安見を虫どもが覗いて居る　（『青南集』）

手につきて遊ぶ道の上のこともなく拾ふを見ればくだけし熔岩　（同）

ちなみに安見《やすみ》は、夏実の長女で、文明が齢《よわい》六十八にしてはじめて得た内孫である。この安見は、文明の歌、テル子の歌、双方に数多く詠まれている。

さて夏実は、この時期、日本全土に蔓延したポリオ、小児麻痺予防のワクチン接種を通じて、疫学を背景とした処置に、医学界の慣習にとらわれない独自の判断で手腕を発揮し、それが評価されて、昭和三十八年（一九六三）四月には、本省勤務となり、厚生省防疫課の課長補佐に抜擢される。上京した夏実一家は港区南青山の両親宅に同居することとなった。

当面、考察対象としている千葉大チフス菌事件は、ちょうど夏実の防疫課課長補佐在任中に発生した。夏実を評価し、信頼厚くする直接の上司・春日斉課長の下で手腕をふるい、千葉大に出向いて事件の真相に迫った。被疑者たる鈴木充にも直接面接調査をしたという。夏実課長補佐の正義感を背景とした粘りづよい取り組みの結果、鈴木充医局員個人による、異常性格がもたらした犯罪であることをつきとめ、告発、逮捕、起訴、公判という運びとなったのである。

だが、鮮やかな手腕や功績には、どこの分野でもやっかみやそねみがつきまとうことを常として、阻止・妨害の動きが生じる。公判を通じての証人による証言や参考意見等のかたちで異論が続出した模様である。夏実自身にも直接間接、調査の手順を正確に踏んでいないのではないかとか、防疫課の任務は病気発生の実態をつきとめることであり、それ以上やるのは越権行為である、などの批判や非難が数多く浴びせられたという。しかも、千葉大付属病院内では、有力な証拠となるカルテや検査伝票などの基礎資料が改竄、隠蔽、さては焼却されてしまったともいう。

そのため、被告の自白中心の公判となった千葉地裁での一審は前述のごとく起訴以来、長期に及び、しかもその挙句、被告人無罪という無惨な結末となった。無罪の判決を導いたのは、被告に犯行に及ぶ直接的動機が見いだせないこと、被告が自供した方法ではチフスも赤痢も発生しないことなどが指摘され、捜査に科学的裏づけを欠いていたとの判断が示された。鈴木被告の公判がこうした方向を辿る間に、厚生省内の空気は次第に夏実側に不利となっていき、彼を信頼し、支持してくれていた春日課長とともに窮地に立たされることとなる。付属病院内には〝鈴木被告を救う会〟まで結成されたという。そうしたなか、頼みとしていた中原公衆衛生局長が退官、春日課長は静岡県衛生部長に転出となり、夏実は省内で孤立無援の状態となってしまう。

長期にわたる一審の無罪判決がくだるのは昭和四十八年（一九七三）四月二十日のことであるが、夏実はそれより以前の同四十二年（一九六七）十一月、京都市衛生研究所次長に転出、孤立無援状態の厚生省からの左遷同様の異動であった。夏実没後の昭和五十一年の作（「アララギ」六月号）となるが、「某日偶成」と題する文明の次のような歌がある。

論らふ者は論らへ職に在り職をつくせる彼はわが子ぞ　（『青南後集』）
肯なふ者否む者半ばする中にして立ちて来にけり我も彼も亦　（同）
誰を罪し誰喜ばむ心ありやただ正しきを正しとせよ　（同）
いくらかは心はやるをも見過しき自らの若き日にたくらべて　（同）

おそらくこの時期の夏実のことを詠んだものであろう。文明宅に夏実一家が同居していた時期であっただけに、文明にはいっそう身近なこととして感じられていたはずである。これらの歌は、わが子の正しさに身を寄せての詠となっている。「ただ正しきを正しとせよ」とは、いかにも文明らしい。「彼はわが子ぞ」とも、「我も彼も亦」とも言う。「自らの若き日」を見る思いもつきまとったようだ。この父あってのこの子夏実であると、つくづくと感じ取られる。
一方、母テル子は、五年に及ぶ夏実一家との同居が、いかに心なごむ日々であったことか、転勤により京都に去ってしまう夏実夫婦と孫娘との一家三人に名残りを惜しみ、次のように詠じている。心からの寂しさが伝わってくる歌である。

かくわれをいたはりくるる親子三人遠く赴く日の近づきにけり　（『槐の花』「微恙」）
親子三人五とせ住みし二階二間広々のこし出でて行きたり　（同「安見一家京都に転住」）

このあと夏実は、奇しくも一審判決が出た同年同月（昭和四十八年四月）、革新行政の象徴的存在の蜷川京都府知事の強い要請で、京都府衛生部長に抜擢されて就任。厚生省内では周囲から見放されていた存在の夏実の実力と正当性を、凝視し、評価し続けていてくれた人たちが、一方にはいたのである。これは、正義に燃え、真実一路の道を歩む夏実にとって大いなる救いであり、励ましであったであろう。アフリカのＷＨＯ（世界保健機構）からウイルス研究所長としての招聘も受けていた夏実であったが、蜷川知事の熱意と政治姿勢に応えて承諾したという。

ところが、禍福はあざなえる縄のごとし、蜷川革新府政に協力して実力発揮の時を迎えた夏実であったが、この時すでに病魔に深くむしばまれていたのである。衛生部長就任からわずか八ヶ月、同年（昭和四十八年）十二月入院、病床からも府知事選挙に協力し、電話等で熱心に知人たちに支持を訴えたという。しかし、病状は悪化の一途を辿り、ついに翌四十九年（一九七四）六月十一日死去に至る、五十一歳、回盲部の癌であったという。

チフス菌事件の控訴審は、前述のように東京高裁での二審・最高裁と順調に進み、夏実の緻密な調査と検証にもとずく疫学的判断の正当性が評価され、昭和五十七年（一九八二）五月二十七日、最高裁第一小法廷で、二審の判決を支持し、被告の懲役六年の実刑が確定したのであるが、この結審を不幸にも夏実は待つことができなかったのである。惜しまれる人の早い死であった。

この事件の最高裁判決のあった即日（五月二十七日）の新聞各紙夕刊は、いずれも一面トップニュースで報じた。その新聞見出しを抜き出してみると、「チフス菌事件、鈴木被告の有罪確定／最高裁、上告を棄却、16年ぶり決着／「異常性格」の犯行／自白に信用性、疫学的証明を支持／懲役6年近く収監／医師免許も取り消しへ」（『朝日新聞』夕刊）、「千葉大チフス事件、鈴木被告の有罪確定／懲役6年、16年ぶり解決／自白は信用できる／最高裁が上告棄却、二審の「人為感染」支持」（『毎日新聞』夕刊）、「鈴木充被告の実刑（懲役6年）確定／千葉大チフス事件の上告棄却・最高裁／16年ぶり決着、自然感染あり得ぬ／近く収監手続き」（『読売新聞』夕刊）のごとくであり、もって世間の関心の高さが知られる。そのなかで、かつての夏実の上司の元厚生省防疫課長の春日斉（この時点、東海大学医学部教授）の、「画期的な判決」と題する次のような談話が掲載されている。

いろいろ曲折はありましたが、われわれの疫学調査の結果が、最終的に認めてもらえたわけで感無量です。また、刑事問題で疫学調査が証拠として採用されたという点で、画期的な判決と思います。ただこの間に、当時課長補佐として先頭に立ち、一生懸命に調査に当たってくれた土屋夏実さんが、最後まで裁判の行方を気にしながらガンで亡くなってしまったことなどを考えると、十六年というのはあまりにも長いという感じです。

（『読売新聞』昭和五十七年五月二十七日夕刊社会面）

すでに亡き夏実にとって、この談話記事が、最高裁判決とともに大きな慰めとなっている。

ⅳ　悼まれる夏実の死

夏実の死を最も悲しんだのは、言うまでもなく両親である。父文明は、苦しみ来し者には平安あらせじと八十すぎて今年このこと　　　（『青南後集』「時々雑詠」）
栗をめでまつたけめでつつ此の夕べ老の二人の眼は涙なり　　　（同）
貧は我を病は汝を育てきと思ふ病に汝は倒れぬ　　　（同）
立ち難きを思ひし夕べ妹に残る老二人を頼みたりといふ　　　（同）
天地にたらへる我と言はむにも汝なきことをうらめしみ思ふ　　　（同）
松のある小さき家も行き見むに汝なしといへば立ちすくむかな　　　（同）

と詠み、痛恨の思いを表出している。「八十すぎて」という文明は、この年（昭和四十九年）八十四歳となっていた。「老の二人」と詠まれる、もう一人の母テル子は八十六歳と、いずれも高齢に至って迎えた悲しみは、いっそう悲痛さを増す。死に近い床で妹たちに老いた両親を頼むと言い遺していた夏実のことを知れば、また悲嘆が深まる。夏実の死に遭遇して、思われるのは幼時からの虚弱さである。その子を十分庇護してこなかったことが、文明には悔やまれる。

ひ弱く生れ来し汝をここに置き病むこと多く生ひたたしめき　　　（同「白雲一日」）
思ひ出でよ夏上弦の月の光病みあとの汝をかにかくつれて　　　（同）

わけなしに恐れしことも忘れがたし日に日に弱き汝が生ひ先を　（同）

取り乱し重ねる中の万葉集古義松本にて彼が購ひしもの　（同「追憶亡児」）

「白雲一日」は、母子三人に苦労をかけた足利時代のことを詠んだもの。悔恨の思いは深い。夏実の遺品の中から出てきた「萬葉集古義」（江戸時代の国学者・鹿持雅澄《かもちまさずみ》著述の万葉集の注釈・総論・各論を総括する書）に涙を新たにする。高校生の夏実が松本で購入して読んでいたものである。当時、その本をめぐって父子の会話もあったであろう。懐旧と悲泣の思いが交じり合い、悲嘆ははてしなく続く。

夏実の母テル子も、深い悲しみに陥る。「長男夏実逝く」と題する十三首のなかから六首とその後の二首を引く。

わが子亡き家に目覚めぬ白き花にかこまるる写真夢の如しも　（『槐の花』）

五十年定命を生きて逝きにしをいまだ少年の如く悲しむ　（同）

心つくし力つくし活きし五十年清々しとも一人慰む　（同）

死は意外に静かなるものとその妻に言ひのこしたり医として生きて　（同）

逝きし者の幼き日知る人々の歌ふを見れば流るる涙　（同）

ただ七年住みし京都をとことはの處となして今ぞしづまる　（同）
母と娘と喜びて我等もてなせば夕餉にはその父帰るかと思ふ　（同「伏見深草」）
母と娘と残して逝きし心われは一日も忘るることなし　（同「京都の日々を」）

母としてのわが子の早い死を悲しむ、込み上げる嗚咽を噛みしめるがごときの詠である。「五十年定命を生きて」といい、「清々しとも」と思い、「医として生きて」と自分に言い聞かせても、あきらめることは到底できない。悲しみは消えることを知らない。
なお、「とことはの處」ともあるように、夏実の遺骨は京都の深草墓園に葬られていたが、生前からのテル子の望みにより、テル子没後、埼玉県比企郡幾川村の慈光寺の分譲墓地に移葬されて、母とともに葬られた。そして、

亡き後を言ふにあらねど比企の郡槻の丘には待つ者が有る　（『青南後集以後』）

と、かねがねこう詠んでいた文明も、ほどなく百歳の生涯を閉じ、同じ墓地に葬られたのである。

参考文献

松葉直助著『比企の岡―夏實・テル子・文明とその周辺の人々』（平成元年十一月、沖積舎刊）
『時の法令』（旬刊、昭和五十七年八月二十三日）ほか、『ジュリスト』六四三号、『判例タイムズ』四七〇号など。

第Ⅳ節　「山口のこと」

一　土屋文明と「山口のこと」
―― 新制山口大学への赴任勧誘をめぐって ――

i　はじめに

土屋文明は、昭和二十年五月二十五日夜の東京大空襲により、東京・赤坂区（現、東京・港区）南青山の自宅を焼失、疎開を余儀なくさせられ、知人を頼って群馬県吾妻郡原町（現、吾妻町）大字川戸の大川宅に移住した。同年六月三日のことであった。文明はこの疎開先で、家族ともども終戦後の昭和二十六年十一月までの六年半を過ごすのであるが、この期間は文明にとって、開墾による食糧の補給に励む一方、アララギの再興に心を砕き、さらには後に全二十巻にまとまる『萬葉集私注』の執筆に意を注ぐなど、いわば苦節の歳月であった。

いまここに取り上げようとする、「山口のこと」と文明によって後々回想される山口大学とのかかわりは、この時期の昭和二十三年前後に生起することであった。この一件が文明にとって、いかなる意味をもっていたか、文明はそれに対してどのように向き合ったか、そしてそれにまつわる交友関係はどのようなものであったかなど、土屋文明の人間像の一端に触れるべく、そのことの位置づけを、いささか試みつつ考察を加えておきたいと思う。[1]

ii　新制山口大からの誘い

その発端は、山口在住の一高時代の友人長崎太郎からの誘いであった。昭和二十三年四月五日付け、疎開先の群馬県吾妻郡原町川戸在住の土屋文明発信の、山口市野田御幸小路の長崎太郎あての手紙に次のように記されている。

御芳書拝読、木のコッパにも足らぬ老生のため御配慮下さるること、いつもながらの御芳志たださだありがたし。実際僕の如きヘンパな人間がお役に立つかどうかその点は全く不安なれど、僕としては実にありがたいことだと思つて居ります。老後の仕事として萬葉集注釈を全部にわたつてしたいと企てて居りますが、現在は机をおく場もないやうな生活なので、今は何とかして落ちついて仕事の出来る場所を探して居る次第です。若し僕で間に合ふやう場合《(ママ)》に立ち到ったら、いろいろとこちらからの事情も申し上げて御考慮願ひたく存じます。僕はもう子供も大分手を放れるので、たゞ死ぬまで萬葉の方の仕事をつゞけられる所が欲しいだけです。[2]

往復書簡集ではないので、長崎太郎からの書状内容は知ることができないが、年来の知友であり、現に山口高等学校長の地位にある人からの直接の誘いであった。これは学制改革により、この一年後に発足予定の新制山口大学の教授就任を要請するものであった。文明はだいぶ謙遜しながらも、また自分のようなものがはたして役立つのかどうかの不安を覚えながらも、「実にありがたいこと」と率直に感謝しつつ、応諾の姿勢を示している。ただ一点気になっていたのは、「こちらからの事情」と言っている「アララギ」の編集・発行の仕事であった。

文明の応諾の意向を確かめた長崎太郎は、手続きを先に進めた模様である。次の書簡に記されているように履歴書等の書類提出に至るのである。ここには就任への積極的な意向を示す文明の姿がみて取れる。同五月十四日付け、土屋文明発信、長崎太郎あて書簡である。

拝啓、学校の方から書類提出のことを申して参りましたので別送いたしました。／文学報国会関係がありますが、これは追放団体ではなく、現に久松潜一が僕と同じ関係でした。／それから支那旅行がありますが、これも同行した俳人加藤楸邨が東京第八高女にそのまま在職して居ります。右お含みおき下さらば幸甚です。／それから僕とアララギの関係ですが、就職となればその方も手を明けたいと存じて、斎藤茂吉老人に話して見たのですが、就職のことは賛成し喜んでくれましたものの、アララギの方はやはり続けてやつて貰はねば困るといふことなのです。／いづれ諸同人にも相談するにしても結局は此の茂吉老人の考方以外の結論は出ないやうにも思はれますし、僕としてもそれ以上無理も言へないやうに考へられます。／これは老兄に於かれても十分御考慮の上、僕の採否を御決め下さる様御願ひいたします。つまり一年三四回一二週間の上京が必要になると思はれますから、それは幾分は公務の方に不便を来すのではないかと存じます。又山口にあつても或る程度アララギ編輯のため力を殺がねばならぬことになるかと思ひます。／僕がさきに申上げたいと申した事情といふのは大体このアララギ関係のことでした。僕ははじめは山口へ行けばアララギの方は全くいん居してと考へたのですが、現在ではそれはむつかしい様な事情にあります。此の点はくれぐれも御考へ下されて後に学校に御迷惑をかけないやうな御考慮を願ひます。／つまり僕は初めより気弱くなつてアララギの方を無理しても片づけると迄考へられなくなつて居ります。尤も此のことは初めから難問だとは感ぜられたので、前の手紙にも事情の御了解いたゞきたい点のあることを申上げた次第でした。或は御上京御滞在中にでも一度御目にかかり、その辺のことを申上げる方がよいとも存じて居りますが、今日は書類を出すにつけて少しくどくどと私事を申上げてしまひました。（／は段落・改行箇所、句読点は原文にはないが、便宜、私に付した。）

要請に応じて書類提出を行い、就任に積極的な意向を示した文明であるが、アララギのことで逡巡が生じはじめてしまっている。が、その前に「文学報国会関係」のことに触れておく必要があろう。〈自筆履歴書〉[3]に「昭和十六年十二月、日本文学報国会短歌部会幹事長／昭和十九年四月、日本文学報国会理事／昭和二十年九月、右同会解散」と記したことについての自己説明（弁明）である。日本文学報国会とは、戦時中の昭和十七年（一九四二）に結成された社団法人で、戦争推進の国策の宣伝を目的とし、総力戦体制の一環として全文壇的に組織されたものであった。また、「支那旅行」とあるのは、〈自筆履歴書〉に「昭和十九年七月、雑誌短歌研究ノ委嘱ニヨリ中国各地旅行、同年十二月ニ及ブ」と記したことについての弁明ないし釈明である。いずれも国策たる戦争遂行に協力した履歴であることを気にして、久松潜一（東大教授）などを引き合いに出しつつ、欠格条項には当たらないことを、先回りして自己説明に及んだもので、ここにも山口大学教授就任への積極的な姿勢が窺えるのである。

しかし、アララギのことが「難問」であったのである。山口大学への誘いを受けた当初は、アララギの仕事を他に任せても赴任したいと思っていた文明は、斎藤茂吉に相談して了解を得ようとしたものとみえる。ところが茂吉は、「就職のことは賛成し喜んでくれた」ものの、「アララギ」の運営から手を引いては困ると難色を示したものらしい。この「難問」に突き当たった文明は、急に「初めより気弱くなつて」しまわざるを得ず、ジレンマに陥ってしまう。そこで、遠慮気味に条件を出してみる。つまり「一年三四回一二週間の上京」がどうしても必要になると言いつつも、公務に支障が生じることを恐れている。これについて、長崎太郎がどのような判断をし、いかなる返答をしてきたかは分からないが、話が先に進められていることからすれば、文明の就任について山口大学側に格別危惧が生じた訳ではなそうである。長崎太郎は文明の依頼にもとづき山口での住居探しまでしてくれている。

iii　期待、危惧・不安など

山口在住の歌友・友廣保一（山口市米屋町在住）あての、七月十五日付けの長い手紙では、主として山口の住居情況について熱心に尋ねていて、ここにも山口赴任への文明の意志と積極的な姿勢が窺われる。

　御手紙拝見、僕のことについて御配慮ありがたく存じます。僕も決定したら早く移転する方が好都合ですが、まだそこまでは事が運んで居ないやうです。最初に長崎校長からの話のあつた時も住宅は官舎の用意があるといふので、まあそれに引かれて決心したやうな次第です。僕の現在の生活では東京で仕事のつづけられる程度の家を買ふことになれば後の毎日が苦しすぎるので、仕事の出来る住宅のあるといふことは大に好都合故山口行きも決心しました。まあその外図書館の利用も僕の心を引いたのです。焼いただけの図書を集めるだけでも数十万円を要する現在では図書館を利用する外ないが、今の場所ではそれは不可能なのです。それから又これは虫のよい考だが、山口なら大兄をはじめ諸君に何かと御世話なれるといふ気持も強かつたのです。若し山口行きが実現すれば何卒御迷惑でせうがよろしく御願ひ申します。そんなことで住宅については、学校といふか長崎校長からの知らせを心待ちにして居る次第です。最《（ママ）》も今のやうな時世ですから果して官舎が与へられるか、又与えられる官舎が僕の仕事（『萬葉集私注』の続稿を急ぐこと）をするだけの都合のつくものか、それは多少心もとなくも考へて居ります。別にぜい沢をいふつもりではないが、僕の書斎に専用し得る一二室は絶対に必要であり、老妻がひどく衰へて居るので女中のしつかりしたのを一人使ふだけの余祐《（ママ）》のある住宅がほしいのです。家族は二女と三女が同行するか一人になるか未定ですが、結局六七室はどうしても欲しいのです。勿論学校の俸給は二千円か三千円でせうが、家を買はずにすめば印税で毎月の生活費は二三万程度なら出せる狸の皮算用にて居ります。僕の萬葉私注は筑摩書房で出してくれることになり、一巻一冊で年に四五冊出せると、まあ以上のやうな算用になる次第です。官舎のことは校長として秘中の秘かも知れませんから、その点は大兄だけが御承知置きを願ひます。それで若し官舎が貰へず借家賃に数千円を要するといふことになれば、山口行きも僕としては不可能になるかと思います。官舎が狭いので仕事の出来ない場合別に借家を探すといふことも考へられますが、若し山口に於ける住宅事情が御分りでしたら念のため御一報下さいませんか。七室位の相当の家で、そんなものがあるか否かも不明ですがどの位出したら借りられるか、売家を買ふのは前述のやうなわけで現在は考へられません。（別件、中略）以上のやうな事情で山口行きの実現は学校からの任命が今後すらすらとゆくか、その上での住宅の有無は決定要件があるので、僕はそれによる外ありません。現在の高校経専、例へば小西君の住宅などはどんな事情か、それも分かったら御知らせ置き願ひあげます。／山口行きのことは東京では斎藤先生以外にはまだ殆ど話してありませんが、文部省関係者から少し話がもれて居るらしい様子です。東京では多分反対が出ると思ひますが、それは何とか方法を立てることになつて居ります。／いづれにしても大兄の御世話になることよろしく願上ます。（句読点、同前）

アララギの歌友として信頼の置ける人物[4]あての手紙であるだけに、事情を縷々述べつつ、官舎への期待、他の住宅情報の収集などを依頼している。同道する家族のこと、『萬葉集私注』の仕事のことなども記されていて、情報量豊富な内容となっている。ともかく文明は、条件が満たされて山口大へ赴任できることを願い、その方向を探っているのである。

その一方、この書簡には次のような追伸が記されている。

長崎校長、反対運動もある噂を最近聞きましたが、長崎君が学長でない場合は、たとへ任用決定後でも山口へ行くつもりはないことは勿論です。（句読点は、便宜、私に付した。）

長崎太郎の学長就任に反対する動きのあるとの噂が文明の耳に入っていたのである。人事をめぐる対立めいた事情があったものとみえる。長崎学長でない場合は、たとえ採用が決まっても赴任しないと、心の内を親友に打ち明けている。文明にとっては知友長崎太郎あっての山口大学赴任であったのである。こうなると、情況は混沌としてきて、意欲を抱く一方、文明の心は危惧や迷いに大いに乱されていたのである。この手紙はその辺の事情を語っている。[5]

ⅳ　辞退の申し入れ

そうしたこともあってか、文明のほうは、さらに消極的となって、長崎太郎あてに次のような手紙を送ることとなる。上記から五ケ月近く経過した十二月三日付けの書簡[6]である。

拝啓先日はわざわざ小生のために家を見に行き下されたよし恐縮に存じて居ります。小生は山口は（戦火で―引用者注）焼けないのであるからと簡単に御願ひした次第ですが、やはりさう簡単ではないことを知り、一層恐縮に存じて居る次第です。其等について種々熟考して見ますに小生如き役に立たない人間が今更そちらの厄介になるのは考へ直すべきではないかと思ふやうになりました。考へてみても新しく出発する学校へ、小生が行つたところでさしあたり講義すべきものもなかりさうです。小生に曲りなりにもただ一つ出来る萬葉は最後の学年に一二時間で足りるのではないかと考へられます。それで此の際正式に教員として小生がそちらに参ることは取り止めることにしていただきたく存じます。若し小生の必要が生じた時貴台が責任者として居られるならば臨時講師なり何なりとして参り、小生の出来ることをやらせていただくといふことにしたいと存じます。少くともここ一二年は小生が参りましてもそちらにも厄介、こちらも手持ぶさたで、てれかくしのしようもないといふことになりませう。かうなつたのは勿論新制大学といふものに就いて小生が何も知らなかつた為で今更恥入るしだいですが、それでも此の辺で結末をつけるのがまだまだ罪を少くして済むかとやつと考へつきましたので率直に申し上げます。学校の方から承諾書を出すやう申して来て居りますから只今同封いたしますが、これは実際の就任は少くとも二三年後若し必要あり機会あればといふことに老台に於いて御含の上処理していただきたく存じます。（句読点、原文のまま）

住居の斡旋まで依頼しておいたのにもかかわらず、先方の教育組織や学年進行などの事情が分かってくるにつれ、文明のほうに次第に遠慮と躊躇の気持ちが生じてきたものとみえる。長崎校長からの応答によっても、けっして順調に進んではいないことが察知できたものとみえる。長崎氏にこれ以上心配や気苦労をかけては申し訳ないという配慮も文明の側に生じてきたのであろう。そこで、断念の意志を固めて「取り止めることにしていただきたく存じます」と申し入れることとなった模様なのである。要請のきている「（就任）承諾書」は形式的に提出するが、貴台（長崎太郎）においてよろしく処理してほしいと言うのである。この「（就任）承諾書」は、おそらく監督官庁たる文部省に提出するものであったはずである。

前掲〈自筆履歴書〉に、別筆で「（昭和）二三年一二月一一日、大学設置審議会特別委員会に於て教授と判定せらる（国文学・国文学概説）」と記されている。この別筆は、山口大学（設置準備室）の事務当局による記入とみられる。文明から提出された「履歴書」等の必要書類が文部省に提出され、資格審査にかけた結果、「教授」合格と判定が下ったのである。担当可能の科目は、「国文学」および「国文学概説」だったのである。これにもとづき、上記「(就任)承諾書」の提出が求められたという手順なのであろう。話はとんとん拍子に進んでいたかにみえる。

そうしたなかで、文明の就任辞退の意向は、山口在住の友人友廣保一[7]（山口市米屋町在住）にも伝えられる。年改まっての昭和二十四年、新制山口大学発足直前の四月十八日付けの手紙である。

拝復御手紙拝、種々御配慮ありがたく存じます。但しすでに長崎校長に申し出でてある点は今も心にかかつて居ります。実際僕は新制大学へ行つても何も役に立つまいと思ふし、出来ない仕事をごまかしてやつて行くには老人になりすぎて居る。一年に一月か二月臨時講師で萬葉だけやるならば勿論喜んでやらせて貰ひたい。しかし多分萬葉をやるやうな生徒が出来るのは二三年後ではないかと思ふ。その点を君から長崎校長によく申して下さい。殊に僕が行くために他方面に役立つ新進教授の席をなくする様だと僕としては心苦しいばかりでなく、後々に不愉快に遭遇するに違ひない。僕は昨年始めて長崎校長の話を受けた時よりは私注の刊行が実現したので生活は安定したことになり、このまま居つてもそれほどみじめではなくなつて居るから、僕の救援方針は別にして学校を主として考へて下さつた方が僕としても本望だ。君から来て貰ってもよし僕が出向いてこの心持は校長に直接話してもよい。或は校長の出張の時東京まで僕が出向いてもよい。とにかく以上のことを一通り校長に君から話して見てくれませんか。風邪中などの遷延失礼。（句読点、原文のまま）

ここでも役立たずの自分が赴任することにより、新進の者の席を塞ぐ結果になってはいけないと、遠慮の気持ちを前面に出して、辞退の意向を伝えている。言葉づかい・文体からして、相手は親しい友人であるだけに真情を打ち明けている。このなかで、新たなことは、「昨年始めて長崎校長の話を受けた時よりは私注の刊行が実現したので生活は安定した」という事実であろう。前にも触れた『萬葉集私注』の刊行開始は昭和二十四年五月のことであり、「昨年始めて長崎校長の話を受けた時」というのは、同二十三年の三、四月頃のことであった。『私注』の順調な刊行実現によって、物心両面において生活も安定してきているので、自分の救済策だけからの人事はしないように、との配慮を求めてもいる。さきの新進の者の席を奪ってしまう結果を憂うる配慮とともに、これらはいかにも文明らしい細やかな気の遣い方である。

Ⅴ　揺れる心の内

しかしながら、このように事実上の辞退の内意を示した一方で、赴任の際には同行する予定の女婿の山口での就職まで依頼していて、胸中複雑なものを窺わせてもいる。そのことは、同じく友人友廣保一あての、同年五月七日付け書簡で分かる。

拝啓御手紙拝見、とにかく御言葉の如く一度都合して小生より出向きます。家のこと、六月十五日までといふのも承知しましたが、こちらとしては月末位になれば一層好都合です。若しいよいよ行くとなれば小市夫妻を助手として同道することにしようかと思つて居ります。小市がそちらの中学か高等学校で二日三日の嘱《(ママ)》托教員の口でもあれば好都合です。彼は東京帝大国文出身、只今は中等教科書出版会社の編集員です。御心あたりあらば願上ます。さうなれば女中は不用になります。家は大へん上等にて申分ありません。小生出かけるとすれば月末位になると思ひますが、なほその前におききした方がよいことあらば至急御知らせ願上ます。小市のことは長崎校長にはまだ申上げてありませんが、必要でした大《(ママ)》兄より御願ひおき下さい。万々拝眉の時をまちます。不一（句読点は、便宜、私に付した。）

「小市夫妻」というのは、文明の長女草子《かやこ》と、その夫・小市巳世司《こいちみよし》である。巳世司は、文明の歌の弟子であり、長女草子と結婚したものである。住居の斡旋を依頼し、それがほぼ決まり、この月末には下見に出向こうというのである。そして、自分の助手役を務めてくれている女婿の、山口での非常勤講師の口までも依頼する周到ぶりである。赴任辞退を意志表示した人とはみえぬ行動を示している。やはり赴任辞退の意志表示は、謙遜と遠慮から出たもので、本心は教授就任、山口赴任を待望していたことが察せられるのである。

同日（五月七日）付けで、長崎太郎（住所変わって、山口市中清水）あての手紙も出している。

拝啓御懇書拝見いたしました。とにかくその中に貴方へ参り、いろいろ承ることに致します。御厚遇を無にせずにやつて行ければ僕としては何も考へることはありません。万々拝眉の上申上げるつもりで居ります。不一（句読点、同前）

長崎太郎は、「御懇書」「御厚遇」とするところからも察知できるように、文明の就任に、依然誠意をもってその実現に骨を折り続けていた模様が窺える。

vi　ことの終焉、安堵と失意

ところが、五月末には住宅の下見のため山口に出向くと言ったことも実現をみないままに、急転、文明の山口赴任のことは沙汰止みとなる。五月二十六日付け、友廣保一あて書簡がそのことを明らかにしている。

御手紙電報ありがたう存じました。長崎氏はひそかに憂慮した如くやめられし由。従って僕の山口問題も終末を告げました。其の中にほとぼりのさめた頃九州を兼ねて一度大兄の労を謝する意味からも一度山口の歌会へゆくつもりで居ります。御好意の為替も不用になりました。尤も今後ゆくとしてもこんな心配は絶対に御無用ですから念のため申上げておきます。池田小西両君には大兄よりよろしく。（句読点、原文のまま）

住居を探してくれたうえ、それの下見に行こうとする文明に路銀の為替まで用意してくれている歌友にあてた手紙である。「長崎氏はひそかに憂慮した如くやめられし由」というのは、前記の「反対」の動きのなかでの辞去（転出）であったかとみられる。[8] ともかく、それに伴い、校長長崎太郎の責任範囲にあった人事はご破算となり、「僕の山口問題も終末を告げました」ということとなった次第かと推測される。文明としては、ほっと安堵する一方、残念・無念の思いが入り交じる複雑な心境であったのではあるまいか。

後年の回想の詠に、

君がかきし山口の家の間取図を心に残しつつひに住まざりき　（『青南集』）

という歌がある。「君」は、おそらく友廣保一であろう。斡旋の労を取った家の間取図を送ってきてくれていたのである。その「間取図」を手に取って見て、文明は、山口でのわが新しい生活に思いを馳せていたのであろう。この歌にはその期待が空しく終わったことへの無念さが漂っている。また、

つれなきは五味保義ぞ吾が住まぬ家を見てきて面白く言ふ　(同)

との詠もある。さきの「君がかきし」の歌とともに「山口を思ふ」と題する十首のなかの歌である。五味保義は文明と親しい歌友で、昭和二十七年一月からは文明に代わって「アララギ」の編集発行人となる人である。山口に旅行して帰って来たかと見られる五味が、楽しそうに語るなかに、文明が住むはずの住居の話も紹介かたがた出てきたのであろう。冗談がましく「つれなきは」、「面白く言ふ」というあたりに、失われたものへの無念の思いが滲み出ている。ちなみに、友人の探してくれた借家(官舎)は、瑠璃光寺近辺にあったらしい。

塔《たふ》のある庭に散りしく温き冬の紅葉を今朝も思ふなり　(同)

その家に住み、新しく展開したかもしれなかった、実現をみずに終わった生活への無念さが窺われる。この歌も、「山口を思ふ」と題するなかの一首である。このなかには、さらに、次のような歌もある。

山口に行かば漢文も習はむときほひたりしも学ばずなりぬ　（同）

「漢文」にこと寄せてはいるが、ここにも実現をみなかったことへの失意の思いが見て取れる。さらには、次のような歌も目につく。

松青き山口の朝思ふにもしみてしのばゆ長崎夫人　（同）

これは、長崎太郎夫人の訃報（昭和二十八年）に接した時の詠とみられる。哀悼の意の表出はもちろんながら、「松青き山口の朝」には、期待をもって思い描いたであろう新しい土地への憧れも伝わってくる。そして次は、「長崎太郎君長逝」と詞書する五首のなかの一首である。

山口のことは昔と遠くなり土佐蘭に長き電話了《を》へにき　（『続々青南集』）

長崎太郎長逝の訃報[9]に接した文明の胸中にはさまざまなことが去来したであろう。が、そのなかの中心事は、やはり「山口のこと」であったのではあるまいか。帰郷して高知の安芸に住む長崎太郎と電話で話したことが思い出される。相手は土佐蘭のことを詳しく話してくれた。植物に関心が深く、日頃も蘭を話題にすることの多かった文明であるから、こちらからも熱心に話に応じたのであろう。それが「長き電話」となったゆえんと察せられる。文明の心に消えることなく鮮やかに残っている「山口のこと」は、この時はもう話題にもならなかったのである。今ではすでに〝遠い昔のこと〟となってしまっているこのことに、文明は一瞬感慨をよぎらせたにちがいない。おそらくこれが長崎太郎との最後の会話であったというのであろう。長崎の亡くなる前年（昭和四十三年）の四月二十四日付け、友廣保一あて書簡には、「一昨日長崎太郎老人見えられ、大兄のお噂も申し合ひました。太郎先生若くみづみづしい様子でした。」（句読点は、便宜、私に付した。）とあって、上京した長崎が文明宅を訪問し、「若くみづみづしい」姿を見せていたことが知られる。

前掲『続々青南集』の「長崎太郎君長逝」五首のなかには、

　留級の吾等に来りし優等生君に思ひきや生《よ》を終ふる交り

のような歌もあって、「留級」が怪我の功名となって学友となり、[10] 思いがけずに終生の友となったのである。「書簡集」によると、文明は、昭和三十一年から同四十三年まで、毎年欠かさず長崎太郎に年賀状を差し出している。その間に長崎は、京都市左京区から高知県安芸市に移住している。京都美術大学学長を二期務めたあと、三期目に辞して郷里に帰り、土佐の安芸市に老後の居を定めたのである。さらに「長崎太郎君長逝」五首のなかには、

　土佐の国安芸《あき》の町並は一《ひと》たび知る君を相見ること永久《とは》になし

との歌もあって、文明のほうも一度は土佐・安芸の地を訪ねたことのあったことが知られる。[11] 年来の親友を喪った寂しさは深い。文明にとって生涯消えることのない「山口のこと」に胸裡深くつながる友の喪失であってみれば、なおのことであったはずである。

vii　長崎太郎側からの回想

　ところで、長崎太郎に「土屋文明氏と私」なる一文がある（「高知アララギ」40～42号、昭和三

十九年七月〜九月)。必要箇所を引用しつつ、長崎側からの回想をとおして、文明の「山口のこと」とのかかわりを見ておくこととしよう。[12]

「一高の寮で同君と同室した記憶がありません」、「一高時代に同級ではありましたが土屋氏と親しむ機会はありませんでした」というが、後年になって歌のうえでかかわりを深め、今では「土屋氏は私の畏友であり、私にとりましては歌の先生であります」ということとなる。「歌の先生」という経緯は、先輩の勝山勝司の勧めで昭和十五年頃から作歌を始めた長崎が、同先輩の助言で文明を歌の師と定め、親しく指導を受けるようになっていたことをいう。「鈍根の私の作った歌を非常に忙しい土屋先生が、辛抱強く仮名遣の末に至る迄、丁寧に直し、懇切に添削批評して下さった事は、私の一生忘れる事の出来ない感激であります」と、真率な感謝の心情を謙虚に披瀝してもいる。

歌のうえで文明に師事する以前から長崎は、文明の活動に注目していた模様である。京都帝国大学の学生課長を務めていた昭和十四年、学生課主催の万葉講義を行い、斎藤茂吉の勧めもあって文明を講師に招き、文明は「旅人と憶良」と題する講義を熱心にしてくれたという。その後、長崎が高岡高等商業学校長に赴任した同十八年には、同校の文化講演に講師として招き、文明は「越中に於ける大伴家持」と題して二時間にわたって熱弁をふるってくれたという。また、長崎が山口高等学校長となった昭和二十年の翌年夏にも、同校での講演を依頼したという。

さて、文明の「山口のこと」に関する長崎太郎の回想は、謙虚に語るなかで事情が明らかにされ、上述のことのいくつかを補充してくれる。まず、「昭和二十年から二十四年の夏頃まで、私は土屋氏を煩はし、同氏に申わけない迷惑をかけた事があります」と切り出して、次のように記している。

当時山口高等学校長であった私は、終戦後一県に一校づつ国立新制大学がたてられる事になり、私は山口大学の創設責任者になりました。何学部と何学部を設置するか、教授をどう集めるか、いろいろむつかしい問題がありました。学部の数がきまった上で、申請書に必要数の教授を揃へる事が一番むつかしい問題でした。／私は文理学部の国文科の教授に、当時川戸で終戦後のきびしい生活をして居た土屋氏に来て頂く事を考へました。昭和二十三年からこの交渉がはじまりました。

と、発端を明らかにした後、「土屋氏に教授就任を懇願した私への返書」として、四通の手紙を掲げ、交渉の経過を紹介している。この手紙については、さきに「書簡集」からの引用によって掲げたとおりのものである。そして、続いて言う。

私は土屋氏に山口大学に来られる事を執拗に御願ひしました。そして終に同氏の承諾を得て喜びました。／然し、この決心をする事に就ては、土屋氏にはいろいろの困った事情があった事は、これらの来簡によっても御わかりの事と存じます。それにもかかわらず同氏はこの願ひを結局うけて下さったのであります。／ところが、私の身辺に京都に行かねばならぬ事情が起って、私は大学昇格の責任をはたした上で、二十四年夏山口を去って京都市立美術専門学校に移りました。／君が山口大学をやめるなら、僕も行く事をやめる、と土屋氏から云ってきました。そして大学設置審査委員会から六帝国大学に次ぐ人事だとほめられた山口大学教授表の中から土屋氏の名も消えてしまいました。私としては土屋氏に対して誠に申訳ない話で、今でも心の中に相済まぬことをしたと悔いております。／山口のアララギ同人友広保一君とも相談して、一番よい官舎を土屋氏の為めにとってありました。今はその家に誰がはいって居るのでせう。／私は京都市立美術専門学校を苦心の末大学に昇格させ、其処に七年勤め、昭和三十二年郷里安芸に帰りましたが、土屋氏との交渉は今日まで続いて居ります。[12]

予定されていたかにみえる新制山口大学初代学長に就任することなく、なぜ京都市立美術専門学校に転じねばならなかったのか、その「京都に行かねばならぬ事情」などは明らかにされていないものの、一旦就任を決意した文明をして翻意に導いたのは、長崎が山口大学を去ることにあったという経緯が、いっそう判然としてくる。また、文明赴任の際の住宅（官舎）にしても、友廣保一と相談しつつ、長崎が「一番よい官舎」を確保しておいてくれたことも知られるのである。

viii　その後のことなど

文明に関する「山口のこと」の一件は、みてきたように昭和二十三年から二十四年にかけてのことであった。その二十三年五月には、歌集『山下水』を青磁社から刊行している。翌二十四年五月には、すでに触れたように、やがて全二十巻に結実する『萬葉集私注』の刊行が始まり、第一巻が筑摩書房から刊行された。さらにその後の数年をみておくと、前述のごとく昭和二十六年十一月には、疎開先の群馬県の川戸から、東京に帰住した。その翌年の二十七年四月には明治大学文学部教授に就任する。そして二十八年一月には宮中歌会始の選者となり、同年五月には『萬葉集私注』の功績により芸術院賞受賞の栄に輝く。さらには、芸術院会員（三十七年）、宮中歌会始召人（三十八年）、やがては文化功労者（五十九年）、文化勲章受章（六十一年）という栄光に包まれた晩年を迎える。こうしたことを考えると、中央にとどまって学術上の幅広い活動を続けたことが文明にとって、結果的に幸いしたといえよう。しかし、それはあくまでも結果的なことである。希望と意欲を示すなかで、山口行きの話が立ち消えになったことは、文明にとって残念に思われたことであり、後々無念の思いが消えることのなかったこともまた疑いない事実であったのである。

ところで、『自流泉』に収める「続川戸雑詠　六」と題する十首のうちに、次の二首が並んで配されている。

大阪に丁稚《でっち》たるべく定《さだ》められし其の日の如く淋《さび》しき今日かな
国遠く友等を頼みに行かむにも老のかたくなを如何《いか》につとめむ

「国遠く」の歌は、たしかに「山口のこと」に関連ありそうである。とすれば「友等」は、長崎太郎はじめ友廣保一らであろう。しかし、「大阪に」の歌と関連づけて解するのはいかがなものか。小市巳世司編『土屋文明百首』（前掲）には、「淋しき今日」とは山口に行かざるを得なくなった〝その日〟のことだとする見解が示されている（当該歌の担当は、土本綾子）。文明が山口行きを決意したのは、不安や遠慮を伴いながらも、新しい職と新しい土地での生活に関心と意欲を抱いたからであるとみられる。けっして一方的に強いられた、気のすすまぬことであったわけではない。そのことは上来のことから了解されよう。「老のかたくなを如何につとめむ」にも、就任してはみたいものの、はたしてこの自分にうまく務まるかどうかという不安の表出がみられる。したがって、遠く丁稚に出されねばならない自分の境遇を悲しみながら感じた、あの少年の日の言い知れぬ淋しさとはやや異質なものと言わざるを得まい。関連づけられるのは、住み慣れた所を離れて遠い異郷に赴くという寂しさであろう[13]。

注

1　なお、このことに至る以前の文明の足跡について記した拙稿に、「講演・土屋文明の信州六年――諏訪そして松本――」（『信州国語教育』74号、平成十七年十月）がある。本書第Ⅱ節の二に補訂を加えたうえで収録。

2　土屋文明書簡集編集委員会編『土屋文明書簡集』（平成十三年十二月、石川書房刊）による。以下同じ。なお、原文には句読点が付されていないが、便宜、私に句読点を付した。

3　この〈自筆履歴書〉は、山口大学（設置準備室）あてに提出したものと目され、現に群馬県立土屋文明記念文学館に所蔵・展示されている。本履歴書についての考察も、本書第Ⅳ節の二に収録した。

4　ちなみに友廣保一は、山口市在住の熱心なアララギ会員で、古書店を経営するかたわら、山口を代表する歌人として活躍した。歌集に『流るる音』（巻頭に土屋文明の序歌「長くしたしく相交り来し友の成れる歌集を我は尊ぶ」を掲げている）、『〈続〉流るる音』がある。彼はまた中原中也とも交流があった。平成五年、八十九歳で没。

5　ただし、『山口大学30年史』（昭和五十七年十二月、山口大学発行）によれば、長崎太郎は、対外的には新制大学創設事務責任者として、文部省・大学設置委員会との折衝、連絡にあたると同時に、学内では山口大学実施準備委員会委員長を務め、中心的役割を果たしており、「総長推薦協議会」のメンバーではあるが、初代学長候補として挙げられた複数名（八人ほど）の中には、その名がみえない。

6　この書簡の宛て先は、「山口県山口市糸米、山口高等学校　長崎太郎様」とし、「私用親展」とされている。

7　ちなみに新制山口大学は、昭和二十四年（一九四九）六月、旧制の山口経済専門学校（山口高等商業学校の後進）・山口高等学校・山口師範学校・山口青年師範学校・山口獣医畜産専門学校・宇部工業専門学校を統合して、経済学部・文理学部・教育学部・工学部・農学部の五学部構成で発足。その後、同三十九年、県立山口医科大学を移管、医学部設置、さらに同五十三年、文理学部を改組、人文学部と理学部に分離。ちなみに、初代学長は、京都帝国大学教授（地球物理学）・理学部長を経て、同大名誉教授の松山基範（就任時、六十五歳）であった。松山学長決定の知らせは、昭和二十四年六月三日付けで新制大学設立事務責任者の長崎太郎あてに電報でなされている（発信者は、文部大臣官房秘書課長）ことが、関係文書で確認される。

なお、新学制への移行に向けて、昭和二十四年五月「国立学校設置法」が制定され、翌六月、六十九校の新制国立大学が発足し、学年進行を経て、同二十七年に四年制大学として完成した

（『学制百年史』文部省編纂、ぎょうせい刊による）。

8　長崎太郎は、新制山口大学発足時の昭和二十四年六月、ほんの短期間、文理学部長代行を務めたのち退官。同年同月、京都市立美術専門学校長に転じ、その翌年、尽力して大学に昇格させた京都市立美術大学（現・京都市立芸術大学）の初代学長に就任した。

9　昭和四十四年十二月七日、大阪医科大学付属病院で死去、享年七十七歳であった。

10　長崎太郎は、第一高等学校（第一部乙類）で文明と同級であった（長崎太郎関係の閲歴は、主として『高知人名事典　新版』高知新聞社、平成十一年九月刊による）。学生時代は格別親しい友人というわけではなかったが、後年親交を深めることとなり、その結果、終生の知友となったのである。ちなみに文明は、伊藤左千夫の計らいで学資の支援をしてくれていた篤志家・寺田憲あて明治四十三年七月十二日付け書簡で、「私は第一回の学年末試験に腑甲斐なく落第いたし候」と報告しているように、一高の一年次に落第している。そのため、学友が倍加した模様である。さきの歌で「留級」とは、この落第（今の留年）のことであった。長崎は英文科志望の、学年の優等生であった。「留級の吾等に来りし優等生」とはそのことを言っているのである。のち長崎は進路を変更して、京都帝国大学法学部政治学科に進学し、卒業後は一時実業界に身を置いた。

なお、長崎太郎に関しては、関口安義による詳細・精緻な評伝（「研究余滴・芥川龍之介周辺の人々①長崎太郎論（上、下）」『都留文科大学研究紀要』第43・44集、平成七年十月・同八年三月）がある。とりわけ、土屋文明とのかかわりについて、本稿もこの論に負うところが多い。

11　昭和二十二年の詠であるが、『自流泉』の「土佐雑詠」と題する五十首のなかに、「肩いたくなるまで乗りて来にければ安芸の家並の親しくもあるか」、「車より首を出して見つつゆく長崎太郎が家もあるらんに」のような歌がある。

12　長崎のこの一文は、研究者・米田利昭の照会に答えた返書の形式で記されている。なお、安芸に帰郷後、高知大学が長崎本人の不承知を知りながら、学長に選出してしまうことがあり、それを拒むのに苦労したことも、同文中に記されている。

13　ちなみに長崎太郎も、前引文中に『自流泉』のこの二首を並べて引用し、「同氏のその時の寂しい感懐が詠まれて居て、私の其の時のよろこびとは対照的であります」と記していることから、同様に解していることが知られる。

付記

山口大学設立時の経緯、および大学の教育組織とその歴史的経過等については、山口大学人文学部の森野正弘准教授に調査の協力をいただき、『山口大学30年史』等の関係資料披見の便宜を得た。また、「高知アララギ」に関して、高知県立図書館利用サービス課から文献披見の便宜を賜った。記して謝意に代える。

二　土屋文明の〈自筆履歴書〉をめぐって
――群馬県立土屋文明記念文学館所蔵の一文献――

i　文献〈自筆履歴書〉の紹介[1]

高崎市保渡田所在の群馬県立土屋文明記念文学館に所蔵され、展示物でもある文献に、文明の自筆の「履歴書」（以下〈自筆履歴書〉と呼称する）がある。これがいかなるものか、何を語るものか、多くの歌集を有するアララギの代表的歌人であり、『萬葉集私注』（全二十巻）のほか、『萬葉集私見』『短歌入門』等著作も多く、文化勲章受章者でもある土屋文明の足跡と人物像の一端にかかわる問題として、紹介と考察をいささか加えておこうと思う。

まず紹介かたがた、この〈自筆履歴書〉の全文を掲げる。

履歴書

所属学校名 〈記載なし〉
氏名及印 土屋 文明 〈「土屋」の朱印あり〉
明治二十四年一月二十一日生

学歴

大正五年七月十日 東京帝国大学文科大学哲学科卒業

職歴（学会並ニ社会ニ於ケル活動ヲ含ム）

大正七年三月二十五日 長野県諏訪高等女学校教諭
同九年一月二十一日 長野県諏訪高等女学校長
同十一年三月十四日 長野県松本高等女学校長
同十三年三月三十一日 長野県木曽中学校長
同年四月三十日 依願退職
同年五月一日 法政大学予科教授
昭和九年一月三十一日 依願退職
同年四月一日 明治大学専門部文芸科講師
同十九年三月三十一日 依願退職

昭和七年三月一日　雑誌アララギ編輯兼発行人　現在ニ至ル
昭和十六年十二月　日本文学報国会短歌部会幹事長
昭和十九年四月　日本文学報国会理事
昭和二十年九月　右同会解散
昭和十九年七月　雑誌短歌研究ノ委嘱ニヨリ中国各地旅行
同年十二月ニ及ブ[2]

履歴書最終行にあるはずの作成の年月日は記されていない。末尾に別筆で、次の一行の記載がある。

二三年一二月一一日　大学設置審議会特別委員会に於て教授と判定せらる
（国文学　国文学概説）

〈自筆履歴書〉の全文は以上のごとくであるが、さて、これは、いついかなる用途で作成されたのか、そしてどこに提出したものなのか。次に、記載事項の検討をとおして明らかにしつつ、解説を加えていくこととする。

ii　記載事項の検討と吟味

はじめに、〈自筆履歴書〉の用途・提出先であるが、末尾に記された別筆の年月日と記載内容から判断して、新学制の施行にともない旧制山口高等学校が新制山口大学に編成される際に、文理学部教授就任の勧誘を受け、それに応じて、必要書類として作成・提出したものとみて間違いあるまい。文明からの作成・提出を受けて、山口大学（設置準備室）は、この〈自筆履歴書〉を、その他必要書類とともに文部省に提出し、大学設置審議会の資格審査にかけ、「（昭和）二三年一二月一一日」に「教授」適任との「判定」が下ったという経緯となろう。同時に、「教授」としての担当科目は、「国文学」及び「国文学概説」との判定を受けたというわけである。この別筆は、文部省からの通知を受けた山口大学（設置準備室）の担当者によって記載されたものとみられる。したがって、文明によるこの〈自筆履歴書〉の作成は、昭和二十三年四、五月頃、疎開先の群馬県吾妻郡原町川戸においてのことと推定される。

このことを含めて、文明の新制山口大学教授就任問題は、前項に説いたところであるが、改めてまた後述に委ねることとして、[3]〈自筆履歴書〉の記載内容の吟味をまずしておこうと思う。まず、生年月日の「明治二十四年一月二十一日」は、届出による戸籍上の生年月日であって、実際は「明治二十三年九月十八日」であったことが知られている。〈自筆履歴書〉とともに必要書類として提出したはずの「戸籍謄本」記載の生年月日に合わせた記述であることが察せられる。ちなみに現在、関係書等に付載の文明の「年譜」の類には、生年月日がいずれも例外なく「明治二十三年九月十八日」と記述されている。

次に、大正七年三月二十五日の「長野県諏訪高等女学校教諭」であるが、島木赤彦の世話で、いきなり「教頭」として赴任したはずである。が、正式職名は「教諭」であったものとみえる。さらに、「長野県木曽中学校長」の件については、文明にかかわる一つの「事件」として、その経緯が知られている。つまり、この年（大正十三年）の新学年度に入った四月四日、松本高等女学校長の職にある文明に対して、木曽中学校長への転任の辞令が長野県当局から突如発せられ、事実上の左遷であるこの措置に反発した文明は、赴任せず辞表を叩きつけるようにして上京してしまったのである。が、〈自筆履歴書〉のこの記載により、「十三年三月三十一日」の発令、「同四月三十日」の依願退職ということに表面上処理されていたことが知られる。おそらく県当局の公式面の措置であり、文明自身も了承したことであったのであろう。下世話なことを言えば、木曽中学校長としての四月一ケ月分の俸給は支給されていたはずである。

なお、関連して言及しておくと、文明はこの折のことを回想して、処女歌集『ふゆくさ』（大正十四年二月、古今書院刊）の「巻末雑記」に、「逡巡顧慮自らの道を拓くに力の乏しい自分にとつては、四月急に松本を去ることになつたのは何かの所縁と思はれないでもない」と、一応謙遜しながらも、続いて「併し足掛七年の間、兎に角自分の或る力を致して居た仕事が、実質的には暴力に等しい方法で目の前に崩されるのかと思ふと憤ろしくもあった。（中略）今蔑むべき暗愚の力にさへ左右されてゐる自分を思へば、自ら嘲りもし憐みもしたかった」と、憤懣の情を痛烈に吐露している。これらのことも、すでに説いたところである。

次に目を転じると、上記の履歴に続き「同年（大正十三年）五月一日　法政大学予科教授」があるが、これにしても、決断早く情況に対処した妻が二人の子を伴って足利高等女学校の教職に復帰し、生活を支え、文明は一人上京して、しばらく不如意な生活を送っていたことからすれば、後に整理された記述ではなかったか、と思われる。後年の詠ではあるが、

離れゐて安き父にもあらざりき時間教師のかけもちにして　（『青南後集』）

とあることからしても、ある期間は非常勤講師の身分であったとみられる。[4] 関連して、その間の事情を自ら語っている次のような歌も参考となる。

土屋文明を採用せぬは専門なきためまた喧嘩《けんくわ》ばやきためとも言ひ居《を》るらし　（『六月風』）

この時期の文明は、まだ万葉研究家として世に認められていなかったうえに、大学の出身学科が「哲学科（心理学専攻）」であったことなどが、不利にはたらいたものとみえる。

さて次には、「日本文学報国会短歌部会幹事長」「日本文学報国会理事」と記されていることについてである。日本文学報国会とは、国策たる戦争遂行のために結成された、内閣情報局と大政翼賛会主導による文学団体で、小説・劇文学・評論随筆・詩・短歌・俳句・国文学・外国文学の八部会からなり、文明はその短歌部会の幹事長や、全体の理事などを務めたのである。ちなみに短歌部会は、この時期「愛国百人一首」等を選定している。これらの経歴は、履歴書に記載すべき資格要件というわけではあるまい。むしろこれは、隠しておくことのほうが、後に責任を問われかねない、書き出しておかねばならぬ戦時中の重苦しい経歴ということであったかと思われる。

この点、次の「昭和十九年七月、雑誌短歌研究ノ委嘱ニヨリ中国各地旅行同年十二月ニ及ブ」に関しては、その感を一層深くする。これは経歴というよりは、自らの戦時体制への協力そのものの足跡にほかならない。やはり、書き出しておかなければならぬ義務感からの記載なのであろう。この中国旅行は、出版社の改造社から斎藤茂吉を通じて勧めがあって、それに応じたもので、陸軍省臨時嘱託の身分で勅任官待遇、時に従軍服に軍刀をさげた姿での旅行であったという。友人の加藤楸邨・石川信雄の二人が同行した。六ケ月に及ぶこの中国旅行時の詠草が、旅行の翌年に編まれて、歌集『韮菁集』（昭和二十年七月、青磁社刊）となった。この歌集に付された「後記」には、「陸軍省報道部、殊に当時の部員秋山中佐の絶大な庇護」、「在支軍報道部及び各機関」よりの「懇切なる指導と便宜」、「東亜交通公社華北支社」からの「実に行き届いた御世話」など多大の支援のあったことが記されている。この『韮菁集』は、中国旅行を通じて、戦意高揚を目的として詠んだ歌を収めるところに特徴を有するのであるが、そのなかには意外と中国の民衆、それもとくに若い人たちに寄せる親愛の情の表出されている歌が多い。参考となる数首を掲出しておくこととする。

北京雑詠
白絹《しらぎぬ》に緋《ひ》の糸《いと》刺《さ》せる鞋《くつ》並べば吾《わ》が家《や》の三人《みたり》の少女等《をとめら》思《おも》ほゆ
塵《ちり》洗はれ人等《ひとら》親しき今朝《けさ》の衢《ちまた》縦横《じゆうわう》に槐《ゑにし》の花咲きあふる

蒙疆行
止《とど》まれる列車を下《くだ》り草村《くさむら》に蜜蜂を打つ支那少年《しなせうねん》と
垢《あか》づける面《おも》にかがやく目の光民族の聡明《そうめい》を少年に見る

八月上旬　厚和滞留
若き代《よ》はここにもありて髪直《す》ぐに目見《まみ》高くして秋の日を行く

六ケ月にわたるこの中国旅行から帰国した文明は、近藤芳美に向かって「中国はきっと共産党の国になる。それ以外には救われないだろう」と、ひそかに語ったという（近藤芳美著『土屋文明』）。この旅行を通して文明は、見るべきものは見て、感じ取るべきものは感じ取ってきたのである。[5]

さて本題にもどって、土屋文明に対する新制山口大学教授への勧誘は、前節に説いたように、一高時代からの学友で、現に（旧制）山口高等学校長の職にあった長崎太郎からであった。勧めに応じて、提出書類の一つとしてこの〈自筆履歴書〉を学校当局に送ると同時に、長崎太郎あての私信に次のように記して、自己弁明を加えている。

拝啓、学校の方から書類提出のことを申して参りましたので別送いたしました。／文学報国会関係がありますがこれは追放団体ではなく、現に久松潜一[6]が僕と同じ関係でした。／それから支那旅行がありますが、これも同行した俳人加藤楸邨が東京第八高女にそのまま在職して居ります。右お含みおき下さらば幸甚です。[7]（句読点は、便宜、私に付した。）

現に公職にある久松潜一や加藤楸邨を引き合いに出して、公職追放など欠格条項に該当するものでないことを、先刻承知のはずの公職の管理経験豊富な長崎太郎に向かって、先回りして説明し、弁明にこれ努めているほどである。本人自身、やはり気になっていた「経歴」であることが窺えるのである。

iii　本文献の意味するもの

文明が新制山口大学への赴任の勧誘を受けたのは、昭和二十三年四月頃のことであった。その翌年発足予定の同大学文理学部に関する人事であり、前述のごとく、年来の友人で、山口高等学校長の職にある長崎太郎からの直接の勧誘であった。この時期、東京港区（当時、赤坂区）南青山の自宅を空襲で消失した文明は、上記の群馬県吾妻郡原町大字川戸の疎開先に在住していた。長崎太郎からの誘いに直ちに返書し、「実際僕の如きヘンパな人間がお役に立つかどうかその点は全く不安なれど、僕としては実にありがたいことだと思って居ります。」と、率直な心情を披瀝して応諾の意志を示している（同年四月五日付、長崎あて書簡）。したがって、当該の〈自筆履歴書〉は前述のようにこの時（昭和二十三年四・五月頃）、疎開地で作成されたものと推される。時に文明、五十八歳。原稿の執筆は進めているものの、『萬葉集私注』刊行の目処はまだついていない時期であった。長崎あて返書のなかでも、「老後の仕事として萬葉集注釈を全部にわたってしたいと企てて居りますが、現在は机をおく場もないやうな生活なので、今は何とかして落ちついて仕事の出来る場所を探して居る次第です。」と、現在の窮状を訴えつつ、著述の心づもりをも述べている。

あるいはこの時、文明の心のうちをよぎるものがあったかもしれない。それは、文明からするとやや早い時期に属することではあるが、かつてアララギの同人として活躍した主要歌人の一人の石原純《あつし》（理論物理学者）が、明治四十四年に東北帝国大学理学部助教授に就任、仙台に赴任したこと、比較的近いものでは、アララギの大先輩の斎藤茂吉が大正六年十二月に長崎医学専門学校教授として長崎に赴任したことなど、先輩たちのこのような事例である。夢想だにしなかった、そうした先達らと同様なことの実現の可能性を前に、心ときめかせたのではなかったのではなかろうか、などと想像されもするのである。

だが、この山口大学赴任問題は、前節において明かにしたように、その実現に長崎太郎が親身に尽力してくれ、文明自身が積極的に応諾の意向を示し、また山口在住のアララギの歌友友廣保一の心寄せなどもあったものの、結局は沙汰止みとなってしまう。そこには、アララギ編集の責任から離れることのできない文明の側の事情から、一旦応諾の意向を示したものの消極的にならざるを得なかったこと、一方、長崎太郎校長自身が他に転出[8]しなければならない事情を抱えていたこと等々の問題が介在していた。

新制山口大学は、他の多くの新制国立大学と同様に、昭和二十四年六月に発足するのであるが、ちなみに、文理学部文学科国語国文学専攻（一講座）の教官定員は、教授1、助教授3、講師1、計5であって、大学設置審議会での審査に合格した教官は、教授　土屋文明、助教授　鴻巣隼雄・森重敏・関守次男、講師　満井信太郎であり、定員どおりの五名であった。しかし発足時には、土屋文明の欠けたあと、教授欠員のままの状態であったらしい。[9]

ところで、以上に取り上げてきた〈自筆履歴書〉は、推測するに、事後に山口大学から文明の手元に返却されていて、記念文学館設立時に土屋家から寄託されたという経路が考えられる。

ⅳ 〈自筆履歴書〉以後のことなど

遠く山口大学へ赴任することなく、在野のままアララギの編集・発行責任者を務めながら、広く文化活動を継続したことが、以後の文明の地歩を決定づけることとなる。すなわち、昭和二十四年五月には、やがて全二十巻に結実する『萬葉集私注』の第一巻が筑摩書房から刊行、経済的にも潤うこととなる。同二十六年十一月には、再建成った東京青山の自宅に疎開先から帰住。同二十七年四月、明治大学文学部教授に就任。同二十八年一月、宮中歌会始選者。同年五月、『萬葉集私注』の功績により芸術院賞受賞と順調に進み、さらには、芸術院会員（同三十七年）、宮中歌会始召人（同三十八年）、やがては文化功労者（同五十九年）、文化勲章受章（同六十一年）と、栄光につつまれた晩年を迎える。

こうした晩年の順調な足どりを考えると、中央にとどまったことが文明にとって幸いしたといえそうである。が、ことはさように単純ではあるまい。文明自身、新しい生活への希望を抱き、赴任への意欲を示した山口行きの話が立ち消えになったことは、残念に思われただけではなく、後々まで無念の思いが消えることのなかったこともまた疑いのないところである。

かくして、この一通の〈自筆履歴書〉には、一時期のことにとどまりはするものの、土屋文明の人生の襞が刻み込まれていて、深い関心と尽きぬ興味を誘ってやまないのである。

注

1　この地は、土屋文明の生地を含む旧群馬郡上郊村の跡地である。文明は、処女歌集『ふゆくさ』の「巻末雑記」に、「僕の郷里は上州高崎から二里程榛名の山麓へ寄った所なのである」と記している。なお、平成十八年度の地区合併により、上郊村保渡田は、高崎市保渡田町となった。

2　「履歴書」「所属学校名」「氏名及 印」「学歴」「職歴（学会竝ニ社会ニ於ケル活動ヲ含ム）」の文字は、書式所定のもの。それ以外は、すべて自筆である。なお、漢字は旧字体。

3　関連して、拙稿「土屋文明と「山口のこと」―新制山口大学教授就任の勧誘をめぐって―」（「國學院雑誌」第一〇七巻・第五号、平成十八年五月）があり、本書に収めたが、極力整理したものの、必要上、本稿との重複箇所がある。

4　「アララギ」土屋文明追悼号（平成三年十月）所載の「土屋文明年譜」（吉村睦人編）には、「森田草平、野上豊一郎の推薦で法政大学文学部予科専任講師（後に教授）」とある。しかし、この「文学部予科専任講師」にしても、あるいは「予科講師（非常勤）」であったかもしれない。

5　ちなみに久松潜一は、文学報国会の国文学部長も務めたが、この年（昭和二十三年）は昭和十一年以来の東京帝国大学（東京大学）教授の職にあった。

6　昭和二十三年五月十四日付、群馬県吾妻郡原町大字川戸在住の土屋文明発信、山口市野田御幸小路の長崎太郎あて書簡（土屋文明書簡集編集委員会編『土屋文明書簡集』による）。

7　なお、中国との国交回復後、文明の中国旅行とその旅程を実地踏査により調べ、その結果を示したものに、叶楯夫『中国の土屋文明―「韮菁集」日乗』（平成十五年十二月、北方書林刊）及び、田保愛明『韮菁集紀行―一九九二年の中国―』（平成十七年七月、同）などがある。

8　対外的には新制大学創設事務責任者として文部省との折衝・連絡にあたり、学内では山口大学実施準備委員長を務めた長崎太郎であるが、新制山口大学発足時の昭和二十四年六月、ほんの短期間文理学部長代行を務めたあと、その月の内に退官、直ちに京都市立美術専門学校校長に転じ、その翌年、尽力して大学に昇格させた京都市立美術大学（現・京都市立芸術大学）の初代学長に就任した。

9　講座定員、教官名等は、「山口大学30年史」のほか「山口大学文理学部関係書類」等による。また、同書類には各教官の審査結果を含む評定も記載されているが、すでに時効となって久しい事柄ではあるものの、道義上引用は差し控えておく。なお、長崎太郎は、同学部の法学担当教授に予定されていた。

追記

1、当該履歴書は、他の関連資料とともに、群馬県立土屋文明記念文学館の展示コーナーに、「清水正男氏より寄贈」とだけ記載して展示されている。

2、「清水正男」は、調べてみると、昭和二六～二七年山口大学事務局庶務課文書掛雇、同三二～三五年、同庶務係「雇」「事務員」、その後は、経済学部や農学部の事務官として昭和五九年頃まで在職していたことが判明する。

3、当該履歴書は、新制山口大学文理学部教授就任の勧誘に応じて、昭和二三年頃、土屋文明自身が作成し、山口大学（設置準備室）あてに提出したものとみられる。

4、同履歴書は、必要書類（戸籍謄本・研究業績目録等）とともに山口大学（設置準備室）から文部省に提出され、大学設置審議会の審査にかけられ、「昭和二三年一二月一一日」付けで「教授」の判定を受けて、山口大学（設置準備室）に返却されたものと推定される。

5、同履歴書は、審査を終えたとはいえ、公文書であることには変わりなく、一定期間山口大学において保管が必要のものと考えられる。

6、にもかかわらず、「雇」身分の一事務職員に過ぎない「清水正男」の所有に帰したとすれば、それはどのような経緯によるものなのか、はなはだ疑問といわざるを得ない。

7、群馬県立土屋文明記念文学館の設置は、平成八年（一九九六）のことで、同履歴書は山口大学での保管年限は過ぎているものの、仮に「清水正男」の手にあったにせよ、これの提供者あるいは寄贈者は「山口大学」ないしは「山口大学人文学部」とあるべきではなかろうか。

8、あるいはまた、山口大学で保管義務がなくなった時点で、一事務職員の所有になどせずに、土屋文明宅に返却すべきものであったのではあるまいか。（土屋文明は、まだ健在の時期であったはずである。）

9、「山口アララギ」の有力メンバーの一人、友廣保一は歌集『流れる音』に、「土屋先生の肉筆履歴書一通ありめぐりめぐりて君が今もつ」の一首を収めているが、この「君」が「清水正男」とは思えない。その根拠も脈絡もない。これは、文明の一高以来の友人で、文明に教授就任の勧誘を直接行った、当時旧制山口高校校長であった長崎太郎ではあるまいかと推測される。

第V節 〝貧〟と〝老〟

一　文明における〝貧〟

i　生い立ちからくるもの

「作者（文明―引用者注）は金銭には臆病すぎるくらゐ潔癖であった」とは、女婿小市巳世司の指摘である（歌集『往還集』短歌新聞社文庫解説）。また、小市は「元来臆病で用心深い人間」とも解説している（歌集『六月風』同上解説）。まことに的確な指摘かと思われるが、こうした文明の性格は、たぶんにその生い立ちに由来するものであろう。その中心を占めるのは、過剰なまでの〝貧〟の意識である。

歌集において〝貧〟がしきりに詠まれるようになるのは『往還集』あたりからである。まず「伊香保にて」と題する三首のうちの二首である。

むれくさき塩引《しほびき》の香のただよひてわが生ひ立ちの日を思はしむ
買はしめし鮭からくしてうまからず貧しきうちにかくなりにけり

生い立ちからくる〝貧〟の意識を自ら分析的に詠出している。〝貧〟において、「或る友を思ふ」五首は強烈な印象を与える。

ただひとり吾より貧しき友なりき金のことにて交《まじはり》絶《た》てり
吾がもてる貧しきものの卑《いや》しさを是《こ》の人に見て堪へがたかりき
かにかくにその日に足れる今となり君をしばしば吾れ思ふなり
電車より街上《かいじやう》の姿を君と見しが近づく人は君にあらざりき
生き死《しに》の消息《せうそく》も分かずなりにける友を思ひて電車を下《くだ》る

もとより具体的に誰かは明らかにされていないが、貧しい「吾より貧しき」友、「吾がもてる貧しきものの卑しさ」をこの友に見て、堪えがたかったこと、「その日に足れる今」というから、現時点より貧しい境遇にあった時のことである。電車内から見た姿が友に似ていたが、人違いであった、消息も分からない友に思いを馳せる。しかしこれは、懐かしさではない。金銭上のことでの絶交、貧しき者のもつ卑しさの堪えがたい思い、それが今もなおわが身から離れずにいるやり切れなさ、辛さの反芻なのである。「吾より貧しき友」といっても、そこに優越感や安堵の思いが介在するわけではない。自分には今もって〝貧〟の意識は消えることがないし、「卑しさ」はついて回っている。それが、わびしく辛いのである。〝貧〟を見つめる文明の意識は、ここにいっそうの深淵をのぞかせている。

『往還集』には「小此木信六郎先生を哭す」のような歌もある。八首のなかから三首を引く。

助けられし貧しき日さへ忘れつつ吾ありにけりこの年ごろを
貧しき吾を先生に訴えくれし福迫《ふくさく》馬《ば》陵《りょう》氏も世になし今は
僅かなる仕事に金を下さると降《お》りましし姿とはに思はむ

「先生」と呼ぶ恩人の一人の死を悼む歌である。文明は同集の「巻末記」で、「ドクトル小此木信六郎先生は、自分を貧しいうちに助けてくれた、幾人かの忘じがたき人々の一人であるが、この年なくなられた」と解説を加えている。高校・大学の学生時代、翻訳などのアルバイトで支援を蒙っていたのである。「先生の学長たる学校で授業に従いつつ」とも言及しているところからすると、後者は苦学時代のことではなしに、松本から上京した無職の時期の、日本医科大学予科非常勤講師時代のことと思われる。苦学時代に加えての再びの支援の手に与っていたのである。

『往還集』にはまた、「八月一日」と題する次のごとき詠歌もある。

わが妻は蚊帳と布団を買ひて来ぬ今日夏物のやすくなれりと
祖母も父も貧しきさまに死にゆきぬ吾は夏布団着つつ今夜休む

妻が行って来たのは、いま言うバーゲンセールである。けっして裕福ではない、庶民の暮らしを写し出している。そして買ってきた夏物から、次の一首がある。夏布団を着て休む自分を、祖母や父より恵まれた境遇だといっているのではなく、やはりここでも意識にあるのは、自分につながっている祖母や父の「貧しきさま」なのである。また、

事しあれば吾に寄り来るうから等の吾が貧しきは思はぬらしき

（「春夏雑歌」）

「うから」は、親類縁者であろう。その人たちから見れば、文明は余裕のある縁者なのである。悋嗇《けち》とも見られようが、そうではない。文明にとっては、自分は常に「貧しき」境涯なのである。文明の、その境涯は、

ふるさとに吾はまづしく生れ来て古き山川に今日あそぶかな　（「吉野上市」）

と詠むように、故里に貧しく生まれてきたことに由来している。他に行楽に出ても、その意識はついて回り、停滞してそこにある。

次に挙げるのは『山谷集』の歌である。「時雨」と題する十三首のうちの「貧しき」を含む二首を引く。

貧しき家に生れてつとめつつも吾が頃はなほ希望ありたりき
貧しき我に関りなき世の変移《うつり》ある夜寝むとして恐れて思ひき

「貧しき家に生れ」は、文明にとって生涯つきまとうものであるが、「貧しき我」は現在の「我」である。この詠歌は昭和九年（一九三四）のもので、「アララギ」の編集発行人を務め、

各地の歌会に選者として精力的に出向き、かたわら明治大学専門部講師を務めるなど、活躍している時期である。けっして裕福とはいえないまでも、「貧しき我」はいささか自虐的でさえある。「貧しき」はすでに文明にとって、意識として、用語として、半ば習い性《なら せい》となっている趣がある。前歌も同様であった。これは以後にも多くみられる。

なお、右の詠歌とともに収められている歌々には、「準備教授」とか「朝早く机に向ふ」などとあって、わが子（長男夏実であろう）の上級学校への受験準備期に入っていることが詠まれている。したがって、その時代を憂慮して、

あはれなる幼き努力押し虐げて来る時代をいかにも言はむ　（同）

とも詠まれるゆえんなのである。

転じて、帰省した文明に思われるのも〝貧しい〟生い立ちである。『少安集』にみてみよう。「故郷山」と題する五首のうちの二首を引く。

夜々の梟《ふくろふ》も今思ひがなしあらはなる臥所《ふしど》に育ちたりけり

亜炭の煙より食物《くひもの》を錯覚せし少年の空腹《くうふく》を語ることなし

この貧しき育ち、少年時の貧しさも、「語ることなし」とはいえ、文明に生涯つきまとう意識であることは、先掲の歌々と同一線上にある。

『少安集』の短歌新聞社刊の「解説」で、小市巳世司は、文明の「ひどく感じ易い生い立ち」ということに言及している。〝貧〟の意識もそうした観点から捉えられる。その『少安集』の一首を挙げておく。

老にいる君がよせ来し嘆にすらつれなくすぎき貧しき吾の（「十四年十一月二日若狭小浜」）

生活上の貧しさにとどまらぬ、わが心の貧しさにまで及んでいる歌である。

ii　身から離れぬ〝貧〟なる思い

貧しいと意識する文明は、自分の〝狭さ〟にも常に思い悩まされる。疎開中の歌を収める『自流泉』の「続川戸雑詠　一」の一首である。

池の底の泥に穴してこもりたるどぢやうと吾といづれか狭き

世間から離れた疎開生活からくる閉塞感ゆえの意識でもあろうが、これも自虐的な自己観察となっている。また、生い立ちゆえのわが性格にも、度々触れられる。その一首を『自流泉』「続川戸雑詠　十二」から引く。

喜《よろこび》を知らぬ性格の成立ちをかへりみることも稀《まれ》になりたり

「稀」になったということは、これまでに絶えず折に触れて返り見てきたことを意味している。その「成立ち」をここでは指摘していないが、思われるのは、わが生い立ちであろう。この歌集『自流泉』には、次のような歌もある。

貧と窮と分かち読むべく悟り得しも乏《とも》しき我が一生《ひとよ》なりしため

「巻第五私注不進」と題する四首のうちの一首である。『萬葉集私注』の注釈作業が巻五まで進行してきた、その途上の詠である。ここでもわが存在を「乏《とも》しき我が一生《ひとよ》」と観じ、その境涯が貧と窮との差異を自分に悟り得させたのだという。

ところで、万葉巻五といい、貧と窮といえば、山上憶良の「貧窮問答の歌《びんぐうもんだふ》」にほかならない。〝貧〟の意識を絶えず抱き続け、それにこだわり続けている文明であってみれば、このくだりには格別な思いが注がれたことであろう。ちなみに「貧と窮とを分かち読むべく悟り得し」とあるように、この歌を貧者と窮者との問答と読み解いたのは文明の発見であって、以後の注釈を先導することとなった。

憶良のこの歌を論じる中西進は、「憶良には「貧」の思想があった」、「「貧乏」というテーマは、憶良以外の万葉歌人のだれひとりとりあげていません」と指摘し、「「貧乏」をうたった特異な歌人」と位置づけている（『悲しみは憶良に聞け』）。万葉全巻を注釈した文明も、当然ながらこのことに気づいていたであろう。文明は、『私注』の当該歌の「作者及作意」に、「貧者窮民の問答の体であるが、問者即ち貧者は勿論憶良自身を意識しての表現」、「貧が漸く政事の問題となりつつあった」、「窮民の実状を当路者に訴へるのが此の篇の目的」、「憶良に一定の社会観、社会政策があってのこと」等々と指摘している。

このくだりから思いが馳せられるのは、さきに言及した『往還集』「伊香保にて」と題する「吾より貧しき友」についての一連の歌である。文明自身の説明・解説は一切ないが、おそらく憶良のこの歌が文明の念頭にあったはずである。問答歌の歌句に「我よりも貧しき人」（和礼欲利母貧人）とあることからして、間違いなかろう。貧しき友の存在、関係状況等、いずれも現実のことであり、虚構の設定ではあるまいが、貧者文明と窮者である「吾より貧しき友」との構図は、ここに対話はないものの、「貧窮問答の歌」との意識的つながりが、連想させるに十分な状況を持ち合わせている。

iii　親ゆずりの〝貧〟

『青南集』には、親ゆずりの〝貧〟の歌が続出する。まず「下野国岩船山」と題する三十首から五首を引く。

貧しきは愚かに産みし時代にて我さへ取り上げられ育てられにき
たらちねは思ふに悲しその膝のことばは貧のつらき話
臆病は母に受けたり貧にして止むを得ず少し強きをまねぶ
貧しきは盗まぬを究極の教とし教少くそだてられにき
消極に消極になるを貧の慣はしと卑しみながら命すぎむとす

母の膝で聞かされた〝貧〟にまつわるつらい話は、消えることなく、生涯身から離れない。「臆病」「消極」など、自分の性格の骨格部分を形成しているものの由来も、今更気づいたことではあるまい。これも常々念頭から離れない。「盗まぬを究極の教」は、その親から受けた卑小な教訓である、というのだ。

貧に馴れて貧に親しまず貧のために訴えることもなく過ぎしかな　（同「江東二題」）

という痛烈な自己既定の歌もある。次の歌も、〝貧〟と一体のわが身を詠む。

貧し貧し農の子たりし粉《こな》の餅思へと老いて歯のかけにけり　（同「迎年賦」）

ⅳ　晩年の〝貧〟の意識

晩年を迎えても、文明の〝貧〟の意識は薄らぐどころか、却って強さ・濃さを深めた模様である。文明、七十歳以後、『続青南集』以降の歌集をみる。

この時期の文明は、すでに受賞した芸術院賞の対象となった『萬葉集私注』二十巻の完成をみていた。その功労が評価されて芸術院会員となる。辞退はしたものの、叙勲（勲二等）の沙汰もあった。しかし、文明は自足の境地にはほど遠い位置に自分を置いていた。やがて、九十歳代となり、文化功労者となり、文化勲章受章に至っても、その境地に変わることがなかったようだ。

我が庭に秋の蘭咲く九月来ぬ暑さ貧しさ忘れよと咲く　（『続青南集』「秋の蘭」）

秋を迎え、自宅の庭の蘭の花が咲いた。蘭は文明がことさら愛好する花である。しかし、ここにも〝貧しさ〟は付いて回る。

麦飯のにほひをいたく嫌ひし父米商ひてつひに貧しかりき　（『続々青南集』「この日頃」）
麦少き伯父伯母の飯に養はれ麦いとふまでの貧になかりき　（同）

貧しき父の回想、麦をいとうまでの貧からは救われた自分、いずれにしても〝貧〟とは無縁ではない自分がいる。こうした意識と関連して、次のようにも詠じている。

今日に到る長き命をかへりみるにただ偶然の連続の果て　（同）
ただ文学を談《かた》るのみならず時として饑《うゑ》をかくして来りしことも　（同「小石川牛天神下」）

「長き命」の歌の時点、文明七十九歳、意志とか意図とかに無縁の、偶然の結果の現在と観じる。「饑」の歌は回想である。最晩年に近づく『青南後集』になると、こうした傾向はさらに顕著となる。

炊ぎ煮て食ひし年月を思ひかへる記憶はひとつ食はぬ雨の日
（「昭和四十八年・小石川漫歩口金」）

貧しさはかくも集まるかと見し巷窮乏のはての我は幾年
（「同・続小石川漫歩口金」）

窮乏の日々の回想であるが、その「貧しさ」は今につながる意識である。

貧しき我を助け給ひし人々の後々も手をこまねきただ思ふのみ
（「同・故人茫々」）

回想であると同時に、痛切な反省である。

本心は知ることもなく交はりき共に貧しきをつながりにして
（「昭和五十年・伝通院附近」）

平らかにただ草原の月島に明治末期の貧書生にて
（「昭和五十一年・月島今昔」）

若き日は貧しく戦の日は人並に飢に堪へつつ苦しまざりき

（「昭和五十二年・寒きより温き日に」）

こうして、貧しさにつながる回想や自問は続く。時にはまた、

窮乏の時々《よりより》は私《わたくし》のめぐりあはせ三世の栄えに生きて今日あり

（同「九十二越年」）

と、自分に言い聞かせることもある。「三世《さんぜ》」は、明治・大正・昭和である。

文明没後に編まれた『青南後集以後』にも、〝貧〟にかかわる歌は多い。

貧しきはかねて思ひきと言はむともなほ堪へし妻もただ若かりき

（同「昭和五十九年・三月」）

妻テル子没後の詠である。「若かりき」とあるから、信州諏訪・松本時代、さらには再びの足利時代をいうのであろう。亡き妻への感謝と労りの情がこもる。その妻テル子の歌に、

若き日の貧を思へば八十の今が我が青春なりと夫いふ　（『槐の花』「湯河原山本邸にて」）

があるが、若き日の〝貧〟から抜け出して、今は〝富〟の境地に至っているというのでは、もとよりない。文明がそう言っているわけではないし、テル子もそう解しているわけではあるまい。ついでながら、関連して長女小市草子《かやこ》の歌も挙げておこう。

常に貧に通ふ話題を生き生きと父の語りし村の盛衰　（『涸沼《かれぬま》』）

父文明の日常をよく捉え、「生き生きと」とした特徴を巧みに取り出した詠である。

怠りを性として生れ来しものを追ひ立つる貧ありて一生活きたり
（『青南後集以後』「昭和六十三年・二月」）

これは〝貧〟が、却って生きる助けになったとの認識で、〝貧〟を逆説的に強調したものと解せよう。

眠りがたき一夜くりかへし思ふこと故郷はただ貧しき幼　（同「九月」）

何を思ひ貧しきふるさと出で来にし人助けずば行き倒れけむ　（同「十二月」）

貧しきに受けし天命大せつに心謹み生きて行くべし　（同）

貧しき故郷は、最晩年近くになっても、やはり付いて離れない。そして、今はこれを天命として生きてゆこうと、自分に言い聞かせる。その思いは、引用は前後するが、

乏しかりし一生なりけり乏しく生まれその乏しきを守りて終へむ　（同「昭和六十一年・十一月」）

にも詠まれている。貧しき一生をかえりみる歌は、ほかにも、

左より少し大きな右こぶし貧しき九十五年の一生を示す　（同「昭和六十二年・五月」）

のような歌もある。ここでもまた、「貧しき九十五年」というように、わが生涯を「貧しき」と総括的に捉える。

かくして文明は、〃貧〃の意識から脱却することなく、却ってそれを立脚点として生涯を過ごし終えたのであった。

追記

本文中には差し挟むことのできなかった一、二のことを、追記として書き添えておきたい。土屋文明の〃貧〃の意識、その背景とも根源ともなっているのは、父祖のこと、ひいて言えば、そのことからくる〃負い目〃といってよいかと思う。

僕はどうにか中学へ這入ることが出来たが、この頃の自分の心に一つの変化を与へたものがあつた。僕の祖父といふのは博奕に身を崩した揚句、強盗の群に投じ徒刑囚として北海道の監獄で牢死したのである。此れは僕の出生以前の事なので極少年の時には何も知らなかったが、家人が固くつぐんだ不言のうちにその輪郭が段段分かつて来た。それと共に尚一家の上につづけられて居る村人の指弾は、寧ろ感じ易い少年であつた自分の心には堪へがたきものにさへ思はれたのである。強い名誉心の翼をたたき折られたやうにも思はれ、又少年通有の罪悪に対する純潔性をも大いに傷められたのである。この前後数年間の僕は道で村人に逢ふのも恐ろしく、全く土にももぐりたいといふ心持で居ることが多かった。

（『ふゆくさ』「巻末雑記」）

祖父に関するこのことは、文明にとって決定的な〝負い目〟とも、また〝引け目〟ともなって作用しているのではあるまいか。しかし、これだけ明らさまにするのは、ひるがえって考えてみると、文明本人のもつ潔癖さのなせるわざであると思われる。ただ、その潔癖さが、自分を縛り、規制することともなっていることが看て取れる。

なお、文明は北海道に出向いた折に、祖父の終焉の地・樺戸《かばと》に足を運んでいる。不幸な遠い先祖に向けての鎮魂と慰霊の旅でもある。

長き年の心足らひか夜行列車を曉降りて樺戸の道を聞く　（『山谷集』「樺戸」）
吹きしまく一ときの風くらくなりて霰はみだる樺戸道路に　（同）
笹原を押しなびけたる残り雪取りて捧げむ遠きみ魂に　（同）
うららかに照れる春日は雪の原芽立つ胡桃に人や偲ばむ　（同）
獄舎のあと柳のこむら今ぞ萌ゆる時のうつりは心和ましむ　（同）
悲しまむ人々さへに亡くなりて久しき時に吾は来にけり　（同）
うららなる野道を自動車にて来る僧に此所にはてにし人の名をいふ　（同）

また、父のことも、〝負い目〟ではなく、劣等意識を生じさせる〝引け目〟となっていると思われる。父に関する詠歌を挙げておく。

いきどほり妻よぶ声の父親に似て来しことを吾は知りて居り　（『往還集』「日常吟（三）」）
父死ぬる家にはらから集まりておそ午時《ひるどき》に塩鮭を焼く　（同「昭和四年・六月二十六日」）
亡き父と稀にあそびし秋の田の刈田の道も恋しきものを　（『山谷集』「月島」）
祖母も父も貧しきさまに死にゆきぬ吾は夏布団着つつ今夜寝る　（同「八月一日」）
己が生《よ》をなげきて言ひし涙には亡き父のただひたすらかなし　（同「屋上栽草」）
人悪くなりつつ終へし父が生のあはれは一人われの嘆かむ　（同）
父の罪に警察に引かれ偽証せし幼き夜の記憶は消しがたし　（同「秋風」）
ひたすらに父はかなしき売りし家に携へかへる夢しばしばにして　（同）
わが父はその名保《やす》太郎一日だに安き日なくてすぎしあはれさ　（『続青南集』「氷見」）
麦飯のにほひをいたく嫌ひし父米商ひてつひに貧しかりき　（『続々青南集』「この日頃」）

これらには、父恋しさを伴いつつも、文明自身の嘆きを含む、消しがたい〝みじめさ〟が看て取れるのである。また、父に関して次のようなことも記している。

> 父は生糸や繭の仲買が本業で、耕作の方は、自家の食料程度といくらか養蚕をやるための桑畑を作るだけであった。尤も秋とれた米は、小作料に大部分をとられた残りをさえ、一時に金にかえて、食米は小買することが多かった。農作には全く興味がなく、田を作るのも、この一時的金ぐりが目的であったらしい。商売の方はそれ故本業以外、少しでも儲かりそうなことには

何によらず手を出した。　（『羊歯の芽』）

そして、このあと、石炭の販売に深入りして、ついに石炭製造の会社まで作り、その失敗が、「中年期にやや好転した父の一生を晩年の貧困に追いこむことになった」（同）ことも記しとどめている。貧しさにつながる、父の不甲斐なさを追想するものとなっている。

参考文献

土屋文明著『羊歯の芽』（昭和五十九年三月、筑摩書房刊）
同『萬葉集私注　三』（昭和五十一年七月、新訂版第一刷、筑摩書房刊）
中西進著『悲しみは憶良に聞け』（平成二十一年七月、光文社刊）

二 文明における〝老〟

i 〝老〟の意識

前項〝貧〟の意識と並んで、文明において特徴的なのは〝老〟の意識である。当時、一般的に「老」が意識されるようになるのは、四十《よそじ》と称される四十歳からである。四十を迎えると、周囲の人々が長寿を祝って「四十賀《しじゅうのが》」を催してくれる。光源氏が四十を迎えた『源氏物語』の若菜の巻が、ひときわ目を惹く。

ところが文明は、四十になる前から〝老〟を意識している。はじめに〝老〟が詠まれるのは、『往還集』の次の歌である。

むづかる児見ぬがごとくに食《くら》ひ居る妻に罵《ののしり》をはきかけにけり　（「家常茶飯」）
罵《の》らるればふくるる妻も老いにけりかくして吾もすぎはてむとす　（同）

これは大正十四年（一九二五）の歌である。前年、木曽への左遷を拒否して松本から上京し、一人わび住まいをしつつ、時折、妻子のいる足利に出向いていた頃のことである。「家常茶飯」とはいえ、妻に苦労をかけつつの、不安定な時期である。日頃から短気で癇癪もちの文明は、不安定ななかでの焦りもあって、すぐに妻を叱り、罵倒してしまうのであろう。夫の罵りを受けて、妻は不服顔を示す。その妻の様子に、「老いにけり」と〝老〟をみてとる。そしてそれは自分にはね返り、「かくして吾も」また老いていくのだ、と自覚が促され、わが老いの到来が意識されてくるのである。

この詠歌の年、文明はまだ三十五歳、妻テル子は三十七歳である。早い老いの意識というゆえんである。

次の歌集『山谷集《さんこくしゅう》』で、文明は四十を迎える。すると、やはり〝老〟の意識はいよいよ頭をもたげてくる。

ぼろの上をよごして死にし祖母《おほば》のごと老いゆく時も吾にあらむか　（「八月一日」）

おのづから到らむ老をぼろしきて安らかにあらむ時をぞ願ふ　（同）

幼くて育ちし如くぼろの上に老いて安らかにあらむ日もがな　（同）

とはいえ、到来した〝老〟そのものではなしに、老いの予感と、その時の願いである。

さらに四十代のただなかにある『六月風』では、近づく〝老〟と、到り来た〝老〟がともに感じられるようになる。

老眼鏡買ひ来て何をするとなく掛けて外《はず》しして二日三日《ふつかみか》すぎぬ　（「老眼鏡」）

異《ことな》れる一生《ひとよ》の道に老いにきと嘆ける夢にやすく妻と逢ふ　（「秋山行」）

つけつけとものを言ふ友も少くて老に近づく時いたるらし　（「晩春雑詠」）

恋愛もすましし如く思ほえて長き老をばまつべくなりぬ　（同）

今日までに老いたることもあはれにて若葉夕てる山に向ふも　（「五月十六日温泉岳」）

これが五十を迎える『少安集』、五十代の最中《さなか》の『山下水』となると、次第に〝老〟の意識は鮮明さを増してくる。

吾が老を驚く君等誰も誰も二十年《はたとせ》にして相みたるかも

（『少安集』「三月十三日上諏訪同級会」）

那智山に三たび来にけりやうやくにはやき老かも嬬《つま》をともなふ

（同「那智」）

吾は老い君は今日よりいでゆけば二度あはむ気をつけあひて

（同「宮地伸一君送別」）

立ちかはり来りて触るる少女等《をとめら》の手の下に老いしからだ横たはる

（『山下水』「熱海にて静臥数日」）

吾がために夕べの酒をさがさむと坂をゆきにき老人《おいびと》さびてき

（同「追憶　福田みゐさん三周忌の為」）

若ければ老いしをおきて行きしなり帰る日ありと思ふべからず

（同「川戸雑詠　十」）

ii　〝老〟を強調した歌

六十歳を迎える『自流泉』になると、わが年齢を詠み込みつつ、〝老〟を意識するようになる。

風露草《ふうろさう》つひの紅《くれなゐ》を手にとりてわが五十九の年すぎむとす

（「続川戸雑詠　五」）

支那体菜《しなたいさい》霜の下にて茂りつつ我が六十の来らむとする

（「続川戸雑詠　八」）

そして〝老〟を意識した歌は、俄然その数を増してくる。いきおい列挙することとなる。

羊にも吾が思ふ心かよへかし老いしからだをいま包むなり　（「続川戸雑詠 一」）

夜の雨の上りし衢《ちまた》の春の泥蹴《け》てゆく中に老いし吾あり　（「春の歌」）

この山を開きて人の来り住む老いてまじらむ手力もなく　（「笹の実」）

いたづらに老は来らむ山いでて萬葉私注つづけむか否か　（同）

ここを果《はて》に日本《にっぽん》なしと見つる雲も老いて痴《し》れたる感慨なりや　（「網走にて」）

冬はやきふきの薹《たう》をも我つまむ老いたるものは香《か》をかぐはしむ　（「続川戸雑詠 三」）

われ老いてさらぼふ時に告げ来る諏訪の少女《をとめ》のきよき一生を　（「諏訪少女」）

吾老いてさらぼふさまを君は見ず泪水《べきすゐ》遠く戦ひて死す　（「再山中漫詠」）

帰り来ぬ君等あまたを忘れつつ山の間に我は老いたり　（同）

この真間《まま》に自らなる韮をつむ三年がほどに老いし手老いた足　（「泉の上」）

あか時の月にくぐもる水海《みづうみ》も老の寝ざめに見て来しものを　（「中島栄一に寄す」）

奈良山の若葉こひこひ遠く来ればきびしき君が老をさいなむ　（同）

すがすがと老い来りしにあらなくに顧《かへりみ》るはあやふき細道なすよ　（「或る追憶」）

日暮れなむとして道遠き譬《たとへ》さへ今日は吾が身につまされて来ぬ　（「老年恥多し」）

老《おい》なみに用なきことと思ひ又何に生きなむ命《いのち》とも思ふ　（同）

恥少きをたのみ君が饗《あへ》を受く木瓜林乞食《もくくわりんこつじき》の如き顔して　（「鎌倉雪ノ下」）

芭蕉枯れ雨には風のはやくとも老いたる我はガラス戸の中　（同）

国遠く友等を頼み行かむにも老のかたくなを如何につとめむ　（「続川戸雑詠　六」）

窓の下に此の幾日《いくにち》か寝つづけて老いほけし体《からだ》伸々となる　（「小笹の蔭」）

字引読むに又更に別の字引引く老の眼鏡のただ霞みつつ　（「巻第五私注不進」）

返り咲く花にすむ鳥をうるはしみひそかなる吾が老の夕ぐれ　（「雪ノ下滝留唫」）

老に寄る煩《わづら》ひも亦仕方なし忘れて行かむ沙はなぎたり　（同）

坂ぬれて我が息くるし杖もつを老の身ぶりと人見るらむか　（「峡中雑歌」）

こはくなる毛に吹く風ももの憂きに老いて穴ごもる時とはなりぬ　（「続川戸雑詠　八」）

かへりみるみにくき老はさもあらばあれ又籠坂《かごさか》の遅き春に逢《あ》ふ　（「再び三日月湖にて」）

眉《まゆ》おちし今日の翁《おきな》となりはてて胡桃《くるみ》の下の石に寄るかな　（「続川戸雑詠　九」）

歌よみて老いてしまりの無くなりぬ口あけて見る朝の露天浴《ろてんよく》　（「伯耆三朝」）

泉ながれ早く萌えたる蕗の薹今日の翁のよろこびとなる　（「続川戸雑詠　十」）

ひそかなる老の夕べを共にせむただにしなやかに秦《はしばみ》の花　（同）

道の上の古里人《ふるさとびと》に恐れむや老いて行く我を人かへりみず （「四月十一日ふる里にて」）

いかにも多いのであるが、「老いてさらぼふ」、「老いほけし」などの表現が表象するごとく、たぶんに老いを強調した詠みぶりの歌が多々みられる。これも文明における特徴的な〝老〟の意識にほかならない。

iii　実感される〝老〟の詠出

六年余の川戸での疎開生活に終止符を打って、南青山に帰住することとなった昭和二十七年からの歌を編む『青南集』にはまた、〝老〟を意識した詠歌が多くみられる。この歌集の時点、文明六十二歳から七十一歳であるから、当然ながら、現実に実感される老いが多く詠まれることとなる。

まねび来し一生《ひとよ》の老に入らむとし夾竹桃を窓近く植う （「夾竹桃」）
山寒くたへざるまでに老いぬれば友のまにまに帰り来て住む （「小居五首」）
夜の灯温かに一たび眠りたるカナリヤ吾が老を喜びて鳴く （「冬の日々」）
無花果は青きまま群がり霜枯れぬ老の迷を見るごとくにも （同）

過ぎし人語りあばけば足る如し老は醜くこの我に来る　（「石ノ巻　山ノ目」）
少女等は七緒《ななを》に貫《ぬ》ける真珠《しらたま》の散りのまにまに吾老いにたり　（「諏訪を過ぎて」）
言葉かよふ一人一人と先立てば老いてかくれむ草もかなしも　（「稲垣哲三郎君追悼」）
古きもの横須賀村の冬牡丹滅びしといふも老の身にしむ　（「越年の歌」）
ただ過ぎし年の喜び思ふのみめでたしめでたし吾老いにけり　（「我が新年」）
老いて食の細くなりたる年の暮甘藷の安値もかかはりうすし　（「新年のうた」）
入笠《にふかさ》に草を煮し大正の過ぎし日を幾度も言ふ我は老いたり　（「富士見にて」）
壇《だん》下《お》りて耳に手あつる幾度か老をかくして今日も立ちたり　（「老をかくして」）
働きて醜く老いしからだ等も頼みて浴むる安らぎをもつ　（「又硫黄泉にて」）
時雨来て時雨にぬるる石ひとつ老にしたがふすがたとも見ゆ　（同）
さまざまの老の醜さ恐れ来て我が根性のシハンボとなる　（「日々ただ貧し」）
働かぬ老を催《うなが》すごとくにも古鶏《ふるとり》春の卵をはじむ　（同）
助けられ人を傷けおづおづと老ぼれのはて人にまじらはず　（同）
食細くなりつつ老いて米の値のやすき喜び年を越えたり　（「一月一日選者詠」）
老いわれに豊かに年を迎へよと羊蹄《やうてい》の麓よりジャガイモ一俵　（「選者詠」）
衰ふる夜の夢にて清らかに横はる老のからだをなでてみる

人に奉ずる少く老いて君等に受く心素直に持ちて受くべし　（「ルーマニアアルバ　ゼラニューム一品種」）

老いさらぼひさまよふと言ふな生きてあれば生きて通へる魂《たましひ》の為　（「芦屋打出若宮岡田邸」）

交はりは再び志摩の国のはて共々に老いぼけて語りあふ　（「江東二題」）

能なくてここにつながる五十年老をゆるされ寝ころぶ歌会　（「志摩波切」）

アララギの老ぼれ我ら馬鹿にしに来るのも年に一人二人　（「高尾山安居歌会」）

（同）

「老は来る」、「老いにたり」、「老いたり」、「老いにけり」と、確認を重ねるがごとくに意識される。

ⅳ　晩年の〝老〟の意識

『青南集』に続く、七十代後半の詠歌を収める『続青南集』では、〝老〟の意識は、いっそう顕著となる。

配給を食ひ余す食細き老となり思ふ耕して食はざるなきや　（「年末雑詠」）

この年はわが身の老につまされて古鶏《ふるとり》を雑煮に食はむと思はず　（「わが越年」）

かにかくに我をみちびく友二人老はひたすらに友のまにまに　（「天神川沙」）

物《もの》吝《を》しむならひに老いて時はやき熟柿《じゅくし》をすする己が木の下　（「秋の歌」）

和束《わづか》より入り来し道をこほしめど老い衰へし今堪へざらむ　（「信楽再遊」）

五人が川を渡りて十津川に入りし日よ我一人今日は老いにけり　（「真土山」）

この国をしのび寄り来て共に歩み過ぎにし人らよ老いし我等よ　（「大和恋」）

ビル高くせまりて立ちて我が白楊《どろ》も立ちさまよふ老をかくし難しも　（「年の歌」）

知らぬ草親しき草に寄り寄りて幼き足と老わが足と　（「幼等山を行く」）

老のすさび同時代会に稀に出づただ楽しきは歌のまじはり　（「植物さまざま」）

露のある朝の諸草しづかなる坂に一年の老を知るべく　（「三日月湖」）

坂一つ越ゆるに幾人の人思ふ我みづからのこのよはひの故　（「西南雑詠」）

老ゆといふことのむつかしさ省るいとまもなしに老いはてにけり　（「隣のアパート」）

わらびやめてひじきを食へば幾何の延ぶる命ぞ老のしれごと　（「庭のわらび」）

生理衰へ意識ほのぼのとなりゆかむ信なき老の待つ終りにて　（同）

歌売らむ老の遠道よぼよぼにああ水増しの百二十三首　（「長崎島原」）

先だてる皆それぞれになつかしむまでに老いたる己をぞ知る　（「播磨一日」）

「老いにけり」、「老い衰へし」、「老いはてにけり」と、わが〝老〟が強調づけられているものの、すでにいたずらな誇張ではなくなってきている。こうして次の歌集『続々青南集』に引き継がれていくが、『続々青南集』では文明は八十を迎え、いよいよ〝老〟は本格化してくる。

北白川山元町は比叡近し汗たるる坂に老の足なぐ（「京都雑詠」）

用不用わかてと二つ籠を置くそれが出来るなら老とは言はぬ（「老の友」）

相語り此の峠越えし幾人か老いたる今は言通はす三人（「伊那谷」）

長き老すなほにあらむを月に日にますます遠き耳従はず（「庭の橙」）

少し疲れ今朝のあたまを撫でてをり老は頭蓋もでこぼこにして（「京都数日」）

我が老をいとほしむ友等に連れだちて伊豆のみ崎にむろの木を見る（「観天木香樹行」）

冬植ゑぬ三坪ばかりを人とがむ我が足我が手老いにしものを（「木村禧八郎君」）

五人共に頂に立ち三十幾年か老いたる我のいま健かに（「山中湖村」）

ふゆあふひの林に老のたかぶりあせり失ふ手袋片方（「冬葵の岬」）

用なきを老の得とす年の暮馬も風邪ひくと伝ふる中に（「年の暮」）

幼き我を農にと半鍬買ひくれき老いし今日振るその半鍬を（「半鍬」）

我が老をたのみて雨の夜君を疲らす診《み》給ふ君もすでに老なり（「薬師の友」）

相会ふに最も年少の我なりき今日老いて越ゆ赤名峠を　（「布野また赤名峠」）

文明の〝老〟は、すでに日常化の域に入っているが、そのなかにあってなお、旅好き、植物好きの様子が見て取れる。

次の『青南後集』では九十の齢を越す。

老一人うす日の路地をゆきめぐる故郷ならず住み経にしあと　（「小石川漫歩口全」）
老の楽しみ昼寝を驚かすクラクション狭きに集る不法駐車に　（「老の家居」）
毛物ならば移る先々宿とせむここに極まる老のいのちか　（同）
少き交はりに共に老に入りなほ長き日をたのしみしものを　（「山本有三君を悲しむ」）
一日憂ひ一日を和ぐるあはれさも信なく老いしとどのつまりは　（「時々雑詠」）
時は過ぐ悲しみも共に過ぎゆかむ過ぎゆく中に老いし命あり　（同）
一人出でて行くに堪へざる老となり伴ふ者はかの時未生　（「白雲一日」）
人々の心々のもちひあり小さくちぎる老いし咽喉《のど》のため　（「年の齢」）
二年に松は二年の枝さして来り立つ老をかくすにあらず　（「越のみち」）
萩が咲き刈安が穂に出づる坂ゆきかへり思ふ老いて失ふを

（「奈良千代夫人追憶夫君上村君に」）

狭き庭といへども老の手足にて草きり難くなりにけるかも　（「寒きより温き日に」）

老いて失ふ悲しみを人に告げたりき命と共の悲しみとなる　（同）

殖えて来る一つ葉を人に強ふるのも老の病と許し給はね　（「木草を友に」）

黄木を愛し水木を焼かむとす老の憎悪のここに止まる　（「山中にて草木を」）

寒さすぎぬ老も歩めとこまのつめ萌え出づる緑耀くばかり　（「袋にて売る川沙」）

我が帽子賞づるが如く我が老をうらやむ如し行き行く目なざし　（同）

寝たきり老人はたまらぬと手足に命令す朝は既に午に近づく　（「老の日々」）

鳩の呼ぶ声をも聞かず雛も見ず老の月日のすみやかにして　（「花に寄せて」）

眼に留めし田螺《たにし》喜び求むとも老の歯あはれ田螺を噛まず　（「老にたぬし」）

食らふ物の欲の衰へ日々疾《はや》し仙にはあらずただの老いぼけ　（同）

古家も彼が器用に手を入れて老のねぐらは心安まる　（「京都太秦の家」）

二度ころび一たび怨り山を去る老いては山も棲所《すみか》にあらず　（「山中雑詠」）

家人がうとめば土を運びて飲む煩ひなきも老はかなしき　（同）

台湾がなくなれば砂糖なめられぬかと老の覚悟もあはれなりけり　（「山中漫吟」）

空深く碧《みどり》今朝出そろひし尾花真朱《まそほ》見て立つ老に絵の心なく　（同）

植ゑし木の吹き倒されしあらしの朝数ふるは木の老我が老　（「木と共に老いて」）
胡桃の木もろく傾く切りつめて老を生きよと言はむもあはれ　（同）
物くるる友は善き友さりながら老は食狭まくあきたりてゐる　（同）
あしたあした手にする染付今右衛門もたらしし友なく我は老いたり　（「筑紫回想」）
筑紫の旅その時々に楽しかりき行き難き老となりて思ふも　（同）
依る所なしに過ぎつつ来りけり信なき老に堪へ得るや否や　（「老いて信なし」）
ゆまり遠き老を僅かの頼みとし馴れてくぼめる中に横たはる　（「口欠けし水瓶」）
赤さびし垣を頼みに老ぼけの住み安らふよ人のたまもの　（「住む処も人の賜物」）
運ばるるままに山に行き山を去るやうやく老の心になりて　（「草木また誕生日」）
老の食に禁じられたるバタ少しわななく足のためにと言ひて　（同）
尻尾より少し靄かかる蝦夷の島老いて旅行かずなれば思ほゆ　（「みちのくを」）
十六秒で飛ばすといふその半分を老いたる足の歩む十一分　（「四百八十米」）
老いてなほ気どりて来るは我のみか白髪頭にデニムのいで立ち　（同）
我老いて樹は栄え立ち下蔭にいこひの時もいくとせなりし　（「楠の樹の蔭」）
拙く生きいよいよ気弱なる老一人なほ四五年の道づれ頼まむ　（「九十一新年」）
何国より来りし石ぞ帽子脱ぎ老の面映しさて腰をかく　（「道の植木」）

さまざまにいぢくらるる歌も仕方なし老いて通らぬ理のゆゑ　（「上総の国の白米」）
若くして亡き君を讃へ言ひたりき語りし後の老のあはれさ　（「暖かき朝」）
吾が友がつくりくれたる白身ありはや食ひ安らげ老は詮なし　（同）
この短き路地の坂を共に歩むなき老の衰へをいたはりもせず　（「わが路地の坂」）
或は和ぎ或は荒るる夜を恐れ老の足包み寝るみの虫の如　（「我が為に業あり」）
人なくて心の残るといふことも老い衰ふる日に日に思ふ　（「亡き者を心に」）

かくも多くの〝老〟の歌が詠出されている。深まり行くわが老いを実感する歌がほとんどである。そこには、わが〝老〟と向き合い、確認する日常が写し出されている。その〝老〟を肯定し、新たに生きる方向を見いだそうとする気持ちの表出もあるなかで、一方では、老いを自嘲的に詠む歌も交じる。それもまた、文明歌の特徴でもある。

「老」を詠み込む歌を主として取りあげてきたが、このほか「命なりけり」、「我命長く」、「時を忘れて生きてゐる」、「長かりしかな」、「長く生きたり」、「過ぎて来し長き年月」などの表現を用いて詠出される、己の長い命に対する感慨や慨嘆の歌も多く見受けられる。

没後に編まれた歌集『青南後集以後』（小市巳世司編）には、九十四歳以後、没年の百歳までの詠歌が収められている。

寿命長き時代になりぬと人言へど統計とつながる我が齢かは
（「寿命長き時代」）

後の日を言ふこと勿れ保ちし命は世の常を過ぐ
（「昭和五十九年二月」）

ただひとつ我に受けたる長き命ああ空しかりし長き命か
（「老耄茫々」）

科野に毛の山谷にしたがひて安らぎのなき世の長かりしかな
（「昭和六十一年九月」）

願ひしにも希はざりしにもあらざりき此の長き生いづへより来し
（「昭和六十二年一月」）

はたらきの少なきからだいたはりて乏しき中に長く活きたり
（同「六月」）

先の人々ただ学ばむと努めつつ己が命はすでに過ぎたり
（「老耄すでに過ぎたり」）

かへりみる長き命のはじまりよ木の葉の下のしづくよりあはれ
（同）

長ければ長きが故のつひの終り吾がおもふなりまたたき一つ
（「昭和六十三年七月」）

おろそかに過ごしたる日の長かりき残る短き日を謹まむ
（同「十二月」）

残り少なきわが世をいかに生きゆかむ思ひ及ぶ日一人かなしむ
（「幼少老耄に至る」）

諸々の清き人等の中にまじりかにかく過ぎし長き一生ぞ
（「平成元年三月」）

くるみ二木競ふが如く実る年々われは老いつつ長らへにけり
（同「五月」）

かへり見る長き一世のなぐさめとなりはげましとなりし花の数々
（同「十月」）

「長き一生」、「長き一世」を顧みつつ、感慨一入である。これらと並行して、また多くの〝老〟を意識した歌々が見られる。

西の涯の五年なげきし憶良いまだ七十一なりああ我は老いぬ　（「寿命長き時代」）
年の寒いのか己の老い朽ちか百歩を行かずこごえて反る　（「昭和五十九年二月」）
腰ぬけて犬に手車の助けあり杖ひとつ辛くもよろめく老あり　（「同「五月」）
努めたりき努めて及ばぬ境知る老の衰ただあはれなり　（「老耄茫々」）
わが愚かへり見もぜず過し来て鋭く迫る老にたぢろぐ　（前同「十月」）
手入れせぬ老を侮り伸ぶる竹古り行く軒を破らむとする　（同「十一月」）
竹の生命は地下にあるもの懶け老を嘲けり親を離れて今年竹　（同）
働かぬ老に入りつつかにかくに凍えず饑ゑず今日の日に会ふ　（「今日の日」）
残りたる老をしのびて堪へむにも時に音して鳴る膝の音　（「昭和六十一年二月」）
いつの時も頼み少く過ぎて来しわが老をまもれ方竹の影　（同「六月」）
青山通り幅十倍を越えて広く少年文明老いぼれはてぬ　（「昭和六十二年一月」）
恥多き老の齢を長らへてかへり見る過ぎ来し方は茫々　（同）
いく株かの木をうゑくれし友等思ふ便りにうとき老の日にして　（同「十一月」）

さまざまの善き日悪しき日かさね来て長き老には木草友なり　（「木草とともに」）
力なくなりて老い行く日をかさねただ返るなき過ぎし日かなし　（「幼少老耄に至る」）
老いて知るこのさびしさを語らはむ友は次々先立ちてゆく　（同）
山の間に死なむ老われを迎へ給ひここに家ありふるき青山　（「樹の友　心の友」）
力弱くなりゆく老にたどたどと花に寄りゆく心残れり　（「平成元年十月」）
ゆまりもままならぬ日々老いぼけていま目の前の樹々のもみぢ葉　（同「十二月」）
鉛筆の短き心になづみつつ老いの朝宵をしるさむとする　（「平成二年六月」）

v　年齢を表記する歌

わが年齢を意識し、数え、それを詠み込む歌が多く見られる。これも〝老〟の意識と一体のものである。

ふた国の山野のどかにゆきめぐりわが四十五の年すぎむとす　（『山谷集』「山峡」p123）
四十六歳《しじふろくさい》の左千夫先生に見《まみ》えたりき四十六歳となりてその時を思ふ　（『六月風』「四十六歳」）
四十九の過ぎなむ年もかくやすく吾をあらしむる君をぞ思ふ　（『少安集』「戊寅歳晩」）

ゆきゆきてうづの小豆をてにすくふ吾齢五十《ごじふ》のきょうの今の時 （同「祝歌」）
歌よむは三十までかと思ひにき五十すぎ六十すぎほかに能なし （『青南集』「庭草むら」）
三十になるかならない家持を貶めきほひ立つ我六十五 （同「能登のなのりそ」）
健かに六十六になりぬればなほ六十年も生きる気がする （同「我が新年」）
たらちねは見もせぬ山に願《ぐわん》をかけき育てられ我六十七 （同「下野国岩船山」）
たまのをの長き短き年かぞへ六十八に我はなりにけり （同「六十八歳」）
貰ひたる魚をもおろしなづむまで老いて七十五の年はゆく （『続青南集』「冬雑歌」）
積みかさね来し日のことは多く忘れ今日七十七の年を迎へぬ （『続々青南集』「選者詠」）
うつりはげしき世の勢を見るのみに命たもてる七十余年 （同）
歯一枚植ゑれば隣りの歯がゆらぐあぁ八十年八十年 （同「此の頃」）
我が頼る医師の処方長くつつしみ守り八十をすぎぬ （同「我が心臓」）
聖《きよ》き人のあるべきやうにたがひつつ八十年あまり生きて来にけり （同「栂の尾」）
我生きて三万日になりたりと数へて友はお金くださる （同「生後三万日」）
籍に載らずありし百二十数日も友は数へぬ三万日の中に （同）
さらされて寒さ暑さの八十年手の骨痛む秋となりたり （『青南後集』「山中にて雑詠」）
たまご拾ふ八十の翁うとみしも身にかへり来るごとき此の頃 （同）

ものほしと言はばかしこし専ら人に頼りて過ぎ来し八十余年　（「朱鉛筆其の他」）

苦しみ来し者には平安あらせじと八十すぎて今年このこと　（「時々雑詠」）

僅か残る歯を治め補ひ賜はりて八十五の年越えむとす　（「寿延の賦」）

九十翁真処女まじへ結ぶとも今の世にては最小集団　（「吉崎歌会」）

うりはだ楓あくまで赤きかがやきを最後に八十何歳になる　（「歳晩草木と共に」）

小学校尋常科四年見し花の名を知りて何になる八十いくつ　（「花に寄せて」）

十といふところに段のある如き錯覚持ちて九十一となる　（「九十一新年」）

九十三の手足はかうも重いものなのか思はざりき労らざりき過ぎぬ　（「亡き者を心に」）

明治より三世《みよ》をかにかくに有り経《へ》来てかへりみる長かりしかな　（「九十二越年」）

三井楽を幾年か心に持ちたりき今は忘れむ九十を過ぎぬ　（「筑紫を思ふ」）

気よわく力乏しく生れ来てか行きかく行き九十年過ぐ

（『青南後集以後』「昭和五十九年六月」）

雨の日の籠り居よろこびし先生の心思ほゆ九十四になりて　（同「昭和六十年六月」）

左より少し大きな右こぶし貧しき九十五年の一生を示す　（同「昭和六十二年五月」）

百年はめでたしめでたし我にありては生きて汚き百年なりき　（同「平成元年三月」）

わが年齢を刻み込み、自己確認しつつの一日一日であり、一年一年の歩みである。そこには感慨あり、慨嘆あり、また悲哀の思いが付きまとう。「生きて汚き百年」が、最終的な思いではあるまいが、長い〃一生《ひとよ》〃の総括には、なかなか複雑さが伴う。

ⅵ 郷愁・望郷・孤独・終生

没後に編まれた『青南後集以後』にあって、印象的な郷愁・望郷の歌、孤独をかこつ歌、さらには終生の思いを詠じる歌のいくつかを取り出しておく。

見る夢は多く幼き日にかへり青葉の枝より今日は黒き実を食ふ　（「昭和六十年二月」）
故里の幼き日歩みゆく路のまぼろし眠りと眠りの間にて　（「昭和六十一年七月」）
思ひ出づる人も追々に少くなりひろ野の中に一人立つ如し　（同「十二月」）
秋の野にいなご取りに伴はれし先生を忘れしことの中に思ひ忘れず　（「故郷を思ふ」）
尋常科入学の時のわが読本に名を記しくれし上級の処女ありし忘れず　（同）
おとなしき少年われは愛されて処女の群と摘草せりき　（同）
かへり見るなき八十年ふるさとの友ありやなしやただへだたりぬ　（同）
誰があり誰が亡きかの音づれも絶えて乏しきふるさととなりぬ　（同）

幼かりし日より続けるひとりこころ寒き日頃はよみがへり来る　（「昭和六十一年三月」）
年々の花はさだめの如くしてああ返るなき人といふもの　（同「五月」）
時々の交り時々の人々よ有るを数へむに一人だに無し　（同「六月」）
かの流れかの石走はなほ有りや足なやむ日に思ふ故里　（「昭和六十二年二月」）
失ひしふる里を惜しむ思ならず足よくば或は行きても見むか　（同）
枯れし畔一人歩み行く少年誰ぞ夢は今宵も言葉なし　（同「四月」）
まじはりのうとき少年今日もただ歩みをり枯れし畦のうへ　（同）
年月の夢にも帰るなきものを誰に語らむただおのれのみ　（「昭和六十三年一月」）
明治四十一年四月の大雪を思ふ中学五年生なりき　（同「五月」）
春の大雪八十年にして再来す生命いきて能なく徒に有り　（同）
年のなかば窓の橙を友として交り少きわが世すぎゆく　（同「七月」）
広き葉の静まる朝夕べには遠きふる里を思ふにもあらむ　（同「十一月」）
残り少きわが世をいかに生きゆかむ思ひ及ぶ日一人かなしむ　（「幼少老耄に至る」）
力なくなりて老い行く日をかさねただ返るなき過ぎし日かなし　（同）
老いて知るこのさびしさを語らはむ友は次々先立ちてゆく　（同）
小学一年ほうせん花の種わかち合ひき三十郎君五太夫君　（「平成元年七月」）

取りとめなき木や竹の茂りの下にして拙き一生終へむとすらむ　（「昭和六十一年十月」）
さまざまの世すぎの中に拙く生れし拙きを一生の道と放れざりき　（同）
乏しかりし一生なりけり乏しく生れその乏しきを守りて終へむ　（同「十一月」）
長ければ長きが故のつひの終り吾がおもふなりまたたき一つ　（「昭和六十三年七月」）
一木一木友等の心しげき蔭心つつしみ我が老終へむ　（「樹の友　心の友」）

これらはいずれも、〝老〟を意識して過ごす最晩年における文明の、偽らざる心象風景でもある。懐かしくも、慕わしくも、また疎ましくも、悲喜こもごもの思いが去来して止まない。そして、長くして永い、終わらんとしているわが〝一生《ひとよ》〟をしみじみと噛みしめ、反芻している。

付節　土屋文明と成尋阿闍梨

——中国・開封《かいほう》での文明の歌——

i　土屋文明の故郷

アララギの代表的歌人であり、『萬葉集私注』（全二十巻）の著述もあって、古代和歌の研究家でもある土屋文明は、上州群馬、西群馬郡上郊村《かみさとむら》大字保渡田《ほどた》の出身である。旧制の高崎中学校を終えて、文学修行を志してすぐに上京したまま、止み難い望郷の念を抱きながらも、百歳の生涯にあって故郷に帰住することはなかった。そのことを後年、次のような歌に託して表出している。

青き上に榛名《はるな》を永久《とは》の幻に出《い》でて帰らぬ我のみにあらじ　（『青南集』）

春を迎えて近くの山野は青さを増してきている。その向こうに榛名山がまだ黒々とした色を見せて聳え立っている。生まれ故郷のこうした光景を胸に深く刻み込んで出郷したのであったが、生涯再び帰り住むことはなかった、だがこれは自分一人だけではないはずだ、というのである。忸怩たる思いとともに、自己弁明めいた心内を覗かせている。

この歌は、文明の生まれ故郷の地に建つ、瀟洒な群馬県立土屋文明記念文学館の前庭の歌碑に刻まれている。頑固にして謙虚でもある文明は、自分の歌碑建立の各地からの要請に一切応じないできた。が、百歳を記念しての、しかも郷里の生地跡への歌碑建立のもとめには、さすがの文明も応じて、この歌を選んだ。百歳の誕生日に執り行われた歌碑除幕式には、老齢ゆえに出席かなわぬ文明に代わって長女夫妻（小市巳世司・草子）が臨んだという。平成二年九月十八日のことであった。文明は、その三ケ月後に百歳の生涯を閉じた。おそらく、榛名を永久の幻と心に刻んだまま逝ったのであろう。

日本の敗戦近い昭和二十年五月二十五日、夜の大空襲により東京青山の自宅を焼失した文明は、以前から考えていた疎開の必要に迫られ、いよいよ実行に移した。知人を頼っての疎開先は、郷里とは榛名山を隔てて反対側に位置する群馬県吾妻郡原町（現吾妻町）大字川戸であった。故郷に近い地ではあっても、郷里そのものではないので、文明には帰郷の意識はまったく湧かなかった。家族と共にこの疎開地で、結局昭和二十六年（一九五一）までの六年半を過ごすのであるが、この期間は文明にとって、食糧難時代に対応して食糧確保のための開墾に従事、後年に全二十巻にまとまる『萬葉集私注』の注釈作業、さてはアララギ再興のためのさまざまな尽力と、いくつかのことを背負ったいわば苦節の歳月であった。

ii　文明の中国旅行

ところで文明は、疎開する前年の昭和十九年（一九四四）七月から十二月にかけて、陸軍省臨時嘱託として中国戦線の視察旅行に出かけている。歌友の加藤楸邨・石川信雄が同行した。出版社の改造社から斎藤茂吉を通しての勧誘に、文明が積極的に応じたものであったらしい。この中国旅行の折の歌をまとめたのが、第六歌集『韮菁集《かいせいしゅう》』（昭和二十年七月、青磁社刊）である。その「後記」には、「陸軍省報道部、殊に当時の部員秋山中佐の絶大な庇護」及び「在支軍報道部及び各機関」等々、多大の支援のあったことが、感謝の気持ちを込めて記されている。

このようにして行われた五ケ月にわたる文明の中国旅行は、戦線の様子を内地の国民に知らせることが課せられた任務であり、国策たる戦争への協力にほかならなかったのであるが、文明をして積極的に参加せしめたのは、本来の旅行好きに加えて、ある意味での好奇心によるものであったろう。歌集内の歌群名を任意引掲列挙してみると、北京雑詠・蒙疆行・南京雑詠・

江南雑詠・江北山東雑詠などと続いている。広大無辺の中国大陸の風土に触れて、文明の歌は迸るがごとくに詠出されているものの、希望すればどこにでも行くことができたわけではなかった。日本軍が確保していたのは、ようやくにして中国大陸のわずかな都市と鉄道の沿線に過ぎなかったという。もとより文明は任務柄、そうした状況を歌に詠んではいない。が、帰国して身近な近藤芳美に、「中国はきっと共産党の国になる。それ以外には救われないだろう」と、ひそかに語ったという（近藤芳美著『土屋文明』）。「見るべき所々は見るを得て」（前記『韮菁集』後記）と記しているように、歌に詠むべき所々とともに「見るべき所々」を見て、しっかりと心の内に収めてきたのである。文明をして中国旅行に赴かしめた理由に、ある種の好奇心のあったことが考えられると前述したゆえんが、この辺に存するのである。

iii　開封に建つ「成尋阿闍梨顕彰碑」

さて、『韮菁集』の旅行詠のなかの「山西華南」と題し、さらに「二十六日開封」とする七首中に、次の二首があるのに注目させられる。

新しく建ちし成尋の石文《いしぶみ》あり黄河の沙《すな》の平《たひら》めし中《なか》
年老いし母の嘆きを負《お》ひ持ちて遠く学びし阿闍梨《あじやり》をぞ思ふ

「二十六日」とは、昭和十九年八月のことである。開封は河南省北東部の黄河南岸にある都市で、中国六大都市の一つでもある。そこから五百キロ西方に古都長安（今の西安）があり、文明にとっては、かつての山上憶良のあとを慕って訪ねてみたい地であったが、時局柄赴くことは到底無理であった。が、足をとどめた開封の鉄塔公園内に「成尋阿闍梨顕彰碑」が建てられていて、文明は目が惹かれたのである。

この顕彰碑は、写真（『中国の土屋文明』の著者叶楯夫撮影）で確認すると、かなり大きなもので、碑文も十数行にわたって刻まれている。しかしながら、摩滅などのため文面が読み取れず、顕彰の内容が確かめられないことが、いかにも残念である。文明が訪れた時には、「新しく建」てられたものだけに、碑文の内容も確かめられたはずである。

遠く日本からやってきた学問僧の成尋が、中国で求道《ぐどう》一途に過ごし、ついには帰国することなく、この地に骨を埋めた、その偉業を誉め称える趣旨のものであることは、容易に察せられる。歌人文明は、日頃この成尋のことを記憶にとどめており、関連してその母の『成尋阿闍梨母集』のことも当然知識にあったのである。異国で思いがけなく見ることができた成尋の顕彰碑に感動して、この二首の歌が詠じられたのである。一首目は、碑の発見とその事実を、感動の念を込めて詠じ、二首目で、老母の悲嘆を背にしつつ求道に励んだ成尋に遠く思いを馳せて詠んでいる。

ⅳ　成尋阿闍梨とその母

そこで改めて、成尋とその母についてみておくこととしよう。まず母であるが、平安朝末期の永延年間に、醍醐天皇の孫にあたる大納言源俊賢《としかた》の娘として生まれ、長じて宇多天皇の流れをくむ藤原貞叙《さだのぶ》に嫁し、二男の母となる。その一人が成尋である。が、若くして寡婦となり、息子の将来を考えて二人をそれぞれ仏門に入れる。幼くして成尋は岩倉の大雲寺に、弟とみられる一人は仁和寺に入山し、学問僧を目指して修行を積んだ。その甲斐あって、成尋は阿闍梨、もう一人は律師と、それぞれ高僧の位に昇った。二人の高僧を見事育んだ母も、ある時期からは出家して尼姿となり、修行を日々積む身となっていた。

とくに大雲寺の成尋は、加持祈禱の効験あらたかな天台宗の高僧として、内裏や関白家などからしばしば招かれる光栄に浴す身となっていた。母は、わが子の栄誉を大変喜んでいた。ところが成尋は、世俗的な栄誉に甘んじてはいられず、何とかして唐（すでに宋となっていた）に渡って本格的な修行を積んできたい、と年来願っていた。頽齢の母を残して渡宋に踏み切ることはできず、思案を重ねていた。そして考えた挙句、せめて文殊菩薩示現の霊地である五台山の巡拝だけでも果たしてきたい、とひそかに心に決め、不臥の行に入る。その間、住寺・大雲寺の一隅に母の居所を定め、そこに母を呼び寄せた。

母は、毎日成尋の顔を見て過ごすことのできる幸せに満足して、晩年の日々を送っていた。ところが二年が経ち、渡宋のための修行を終えた成尋は、渡宋のことを母に慎重に打ち明けた。すると母は、途端に悲嘆の淵に陥り、長年積んできた修行の功徳をもかなぐり捨てたかのように、泣き悲しむ毎日となってしまった。が、成尋は予定の行動に入らざるを得ず、三年経てば帰国すると母を言い慰めつつ、ついに渡宋を決行する。母は、成尋のあとを慕い、絶望の極みに陥ってしまう。大雲寺を発った成尋と事実上の別離となったのは、延久三年（一〇七一）のこと。この年、母は推定年齢八十四歳、平均寿命が極端に低かった当時にあっては、日常の坐臥にも不自由をきたす頽齢である。息子の成尋にしても六十一歳の老齢となっていた。であればこそ、今のうちに渡宋して修行をしなければ、その機会を失うと急ぐ事情にあった。

成尋との別離の悲嘆にくれる母は、その切なる思いを筆を執って表出し、その結果、『成尋《じょうじん》阿闍梨《あじゃり》母集《はははのしゅう》』二巻を成すこととなった。「集」とは、家集つまり個人歌集のこと。和歌が多く含まれていることから、後に藤原定家が名づけたらしい。わが子成尋との別離の悲嘆の限りを尽くし、母性愛のありったけを披瀝するこの作品は、単なる家集にとどまることなく、『蜻蛉日記』以来の女流日記文学の列に加わる資格を有している。愛別離苦とは、仏教でいう四苦八苦の一つで、親子・兄弟姉妹・夫婦など、愛する肉親との生き別れとなる悲しみのことであるが、この作品はまさに愛別離苦の文学というにふさわしい。

Ⅴ　文明と成尋の接点

さて成尋は、宋朝でも信頼厚い高僧として重用され、そのため帰朝することなく、在宋十年、七十一歳で唐土に没した。母は、成尋の帰朝・再会を夢見つつ、それ以前の延久五年（一〇七三）頃、八十六歳（推定）で死没した。

成尋は、渡宋の途についた始めから、入宋以後の修行・巡拝の様子、各地の見聞の模様などを克明に漢文で書き記した『参天台《さんてんだい》五台山《ごだいさん》記《き》』八巻を残した。土屋文明は、この『参天台五台山記』や、母の『成尋阿闍梨母集』を読んで、日頃から関心を寄せていたものとみえる。それが、開封での成尋阿闍梨顕彰碑を目にするに及んで、すぐに感慨が詠歌となって表出されたのであろう。一首目の「新しく建ちし…」は、感慨を込めてその事実を詠み、二首目で、成尋の偉業を感動の念をもって詠じている。「年老いし母の嘆きを負ひ持ちて」は、母の「集」を知らずしては表現できないものであって、母の愛別離苦の悲嘆の理解のほどが、もって知られるのである。後半の「遠く学びし阿闍梨をぞ思ふ」には、この唐土での成尋の求道へのいそしみを、賛嘆の念をもって思い見る文明の心情が投影されている。とはいえ、「母の嘆き」をよそにというわけではなく、母の嘆きを深く受けとめながらも、それを心奥深く収めて求道に励んだ成尋のことを、文明は思い見ていたはずである。であればこそ、かかる感慨深い感動的な一首が詠まれたのである。

かくして、八百七十余年の時空を越えて、成尋と文明の接点が見事に成立したのである。これはひとえに、歌の力であり、学問の力であり、さらには文学の力である。

なお、土屋文明は「開封懐古」と題する文章を『続萬葉紀行』（白玉書房、昭和四十四年九月刊）に収めている。これは、「昭和二十年一月、東京放送局放送手記」である。必要部分のみをここに引掲しておく。

開封のことを申した序にも一つ申したいことは、成尋阿闍梨のために最近開封城内に碑の立てられたことであります。成尋阿闍梨は、

モロコシモ天ノ下ニゾアルトキク照ル日ノ本ヲ忘レザラナム

という歌を母から貰って、六十二の高齢を以て支那《ママ》に渡り、遂に時の皇帝の帰依を得て開封の開賓寺で入寂した人であります、碑が最近に立てられた所から、歌に関係のある私共としては、此の母の歌が愛国百人一首にはひつたといふことが、建碑の一動機ではなかつたらうかと思はれ、大へん愉快に存じた次第であります。

注

1 成尋母関係として、拙著『成尋阿闍梨母集　全訳注』（講談社学術文庫）がある。

2 土屋文明関係に、拙稿「講演・土屋文明の歌と人と―信州六年、諏訪そして松本―」（『信州国語教育』72号、平成十七年十月）、「土屋文明と『山口のこと』―新制山口大学教授就任の勧誘をめぐって―」（『國學院雜誌』平成十八年五月号）、「土屋文明の出郷、そして望郷・懐郷」（『月光』3号、平成十八年十二月）等がある。いずれも補訂を加えたうえ、本書に収録した。

初出一覧

第Ⅰ節　「榛名を永久の」
一、法光寺文学講座における講演（平成二十一年十二月三日）原稿の整理
二、書き下ろし

第Ⅱ節　足利から信州へ
一、書き下ろし
二、『信州国語教育』（第七四号、平成十七年十一月）、長野県国語教育学会夏期研修会での講演（平成十七年八月五日、松本市浅間温泉「みやま荘」にて）の記録、他節との重複を避けて整理・削除した結果、ほぼ骨子のみとなった。

第Ⅲ節　「清き世」「高き世」
一、『月光』（法光寺発行）第四号（平成二十一年七月）掲載の後、若干の整理・補訂をした。
二、書き下ろし

第Ⅳ節　「山口のこと」

一、『國學院雜誌』（第一〇七巻第五号・平成十八年五月）、他節との重複部分を削除し、整理を施した。

二、『國學院雜誌』（第一〇八巻第四号・平成十九年四月）、他節との重複箇所を削除し、整理を施したため、ほぼ骨子のみとなった。

第Ⅴ節　〝貧〟と〝老〟

一、書き下ろし

二、書き下ろし

付節

『藝文攷』（日本大学大学院芸術学研究科）第一二号（平成十九年二月）掲載後、他節との重複部分を削除するなど、若干の整理を施した。

＊別に、「土屋文明の歌と人と」（法光寺『月光』第三号）があり、本書第Ⅰ節、第Ⅱ節等をはじめ、各節に吸収している。

あとがき

土屋文明は、アララギを代表する大歌人である。百年の生涯を通じて、処女歌集『ふゆくさ』から『青南後集』までと、没後に編まれた『青南後集以後』、つごう十三の歌集に収める歌は、およそ一万二千首に近く、まさに大歌人と呼称するに不足はない。しかも、独自な詠みぶりと、魅力的な内面とが一体となって、その特色を形成している。それにしても、生誕百二十年、没後二十年となる現在、土屋文明はともすれば忘れられがちとなっているきらいがある。独自性が強いがゆえに距離を置かれている向きが、なきにしもあらずの感がする。もっと、独自の魅力に迫り、取り上げられてよいのではないか。

そのような思いが、この小著の底流にある。そこで、「はじめに」に記したように、文明の特色ある人となりと、特異な生きざまとを、その歌から探ることに心がけたつもりである。

とはいえ、同一の歌を何度も引用・掲出することとなった。各稿それぞれ独立して執筆したことによるのであるが、一書にまとめるにあたり、極力重複を避けるべく、削除を加え、整理を施したものの、重複部分は少なからず残る結果となった。ただこれらは、それぞれの稿が、それぞれの論理を有するがゆえの、止むを得ない、結果的な重複かと思っている。言い訳めくが、そのようにご理解いただき、ご容赦願いたい。

細々《ほそぼそ》とではあるが、自分が研究に長年携わってきた平安朝文学、なかんずく女流文学とのかかわりはとくにない。これも「はじめに」に記したごとき動機にもとづいている。一つの文学的衝動、すこし格好よく言えば学問的意欲、そのようなことに駆られてのことと言ってよいかもしれない。日暮れて道遠しの感があるものの、平安文学研究に区切りを付け、そこから遠ざかるわけではないし、そのつもりもない。その一方、土屋文明研究は今後もさらに継続していく予定である。

「初出一覧」に書き出しておいたように、研究論文として執筆した既発表のものは、『國學院雑誌』の二編だけである。そうしたなかにあって、法光寺発行の『月光』には、何度か掲載たまわり、大変お世話になっている。法光寺の日本文学講座での講演の機会などもいただいている。当方にしても、土屋文明の出身地である上野《かみつけ》・群馬の地域の方々にご聴講、ご理解いただくことにも意義を感じてのことでもあった。それにしても、研究上の年来の知己であり、法光寺経営の松本寧至博士（二松学舎大学名誉教授）には、格別のご配慮をいただき忝なく思っている。この場を借りて、学問研究を通じてのご友情に深く感謝し、厚く御礼を申し上げる次第である。

小著刊行にあたっては、前著『清少納言〝受難〟の近代—「新しい女」の季節に遭遇して—』のご縁により、新典社にお世話になった。岡元学実社長をはじめ、小松由紀子編集部課長ほか編集部の皆さまに熱心にして有益なご配慮をいただいた。記して謝意に代えたい。

平成二十二年（二〇一〇）春分の頃

著者　宮崎荘平　識

宮崎　荘平（みやざき　そうへい）
1933年　長野県生まれ
東京都立大学大学院博士課程修了
藤女子大学・新潟大学・國學院大學、各教授歴任
学位：博士（文学）
現在：新潟大学名誉教授・國學院大學オープンカレッジ講師
著書：『平安女流日記文学の研究　正続』（1972,1980年，笠間書院）
『成尋阿闍梨母集　全訳注』（1979年，講談社学術文庫）
『清少納言と紫式部―その対比論序説』（1993年，朝文社）
『女房日記の論理と構造』（1996年，笠間書院）
『紫式部日記　全訳注・上下』（2002年，講談社学術文庫）
『王朝女流日記文学の形象』（2003年，おうふう）
『清少納言“受難”の近代―「新しい女」の季節に遭遇して―』
（2009年，新典社新書）
編著：『源氏物語の鑑賞と基礎知識・葵』（2000年，至文堂）
『伝統と創造の人文科学』（2002年，國學院大學大学院）
『王朝女流文学の新展望』（2003年，竹林舎）
『源氏物語の鑑賞と基礎知識・若菜下　前半』（2004年，至文堂）

土屋文明私論《つちやぶんめいしろん》
―― 歌・人・生 ――
新典社選書 34

2010年9月1日　初刷発行

著　者　宮崎　荘平
発行者　岡元　学実

発行所　株式会社　新典社

〒101－0051　東京都千代田区神田神保町1－44－11
営業部　03－3233－8051　編集部　03－3233－8052
FAX　03－3233－8053　振　替　00170－0－26932

印刷所 恵友印刷㈱　製本所 ㈲松村製本所

ISBN978-4-7879-6780-0 C1395
http://www.shintensha.co.jp/　E-Mail:info@shintensha.co.jp

◆新典社新書◆

定価八四〇円・一〇五〇円　＊継続刊行中＊

①光源氏と夕顔 ——身分違いの恋——　清水婦久子
②戦国時代の諏訪信仰 ——失われた感性・習俗——　笹本正治
③〈悪口〉の文学、文学者の〈悪口〉　井上泰至
④のたれ死にでもよいではないか　志村有弘
⑤源氏物語——語りのからくり　鷲山茂雄
⑥天皇と女性霊力　諏訪春雄
⑦バタヴィアの貴婦人　白石広子
⑧死してなお求める恋心 ——「菟原娘子伝説」をめぐって——　廣川晶輝
⑨酒とシャーマン ——『おもろさうし』を読む　吉成直樹
⑩喜界島・鬼の海域 ——キカイガシマ考——　福　寛美
⑪萬葉の散歩みち　上巻　廣岡義隆
⑫萬葉の散歩みち　下巻　廣岡義隆
⑬偽装の商法——西鶴と現代社会　堀切　実
⑭待つ女の悲劇　大輪靖宏
⑮源氏物語の季節と物語 ——その類型的表現　渋谷栄一
⑯平家物語の死生学　上巻　佐伯雅子
⑰平家物語の死生学　下巻　佐伯雅子
⑱芭蕉——俳聖の実像を探る　田中善信
⑲光源氏とティータイム　岩坪　健
⑳ことば遊びへの招待　小野恭靖
㉑武器で読む八犬伝　吉丸雄哉
㉒神の香り秘法の書 ——中国の摩崖石経・上——　北島信一
㉓都市空間の文学 ——藤原明衡と菅原孝標女——　深沢　徹
㉔百人一首かるたの世界　吉海直人

㉕これならわかる返り点　――入門から応用まで――　古田島洋介
㉖東アジアの文芸共和国　――通信使・北学派・蒹葭堂――　高橋博巳
㉗歌垣――恋歌の奇祭をたずねて　辰巳正明
㉘紫式部日記の世界へ　小谷野純一
㉙芝居にみる江戸のくらし　吉田弥生
㉚我を絵に看る　――芭蕉の甲斐行――　楠元六男
㉛源氏物語　二つのゆかり　――継承の主題と変化――　熊谷義隆
㉜御家騒動の物語　――中世から近世へ――　石黒吉次郎
㉝礼法を伝えた男たち　綿抜豊昭
㉞文豪だって漢詩をよんだ　森岡ゆかり
㉟清少納言〝受難〟の近代　――「新しい女」の季節に遭遇して――　宮崎荘平
㊱男はつらいよ　推敲の謎　杉下元明
㊲古事記の仕組み　――王権神話の文芸――　志水義夫
㊳千と千尋の神話学　西條　勉

㊴『宇治拾遺物語』の中の昔話　廣田　收
㊵跳んだ『源氏物語』　――死と哀悼の表現――　天野紀代子
㊶和歌を力に生きる　――道綱母と蜻蛉日記――　堤　和博
㊷「危機の時代」の沖縄　――現代を写す鑑、十七世紀の琉球――　伊藤陽寿
㊸神の香り秘法の書　――中国の摩崖石経・下――　北島信一
㊹智恵子抄の光景　大島裕子
㊺昔男の青春　――『伊勢物語』初段～16段の読み方――　妹尾好信
㊻涙の美学　――日本の古典と文化への架橋――　榎本正純
㊼琉球の恋歌　――「恩納なべ」と「よしや思鶴」――　福　寛美
㊽初代都太夫一中の浄瑠璃　――音曲に生きた元住職――　小俣喜久雄
㊾万葉集を訓んだ人々　――「万葉文化学」のこころみ――　城﨑陽子
㊿源氏物語　姫君のふるまい　太田敦子